KB076083

나는 희망을 거절한다

나는 희망을 거절한다

정호승 시집

창비

차
례

제1부

제3부

제1부

폐지(廢紙)

어느 산 밑
허물어진 폐지 더미에 비 내린다
폐지에 적힌 수많은 글씨들
폭우에 젖어 사라진다
그러나 오직 단 하나
사랑이라는 글씨만은 모두
비에 젖지 않는다
사라지지 않는다

나무 그림자

햇살이 맑은 겨울날
잎을 다 떨어뜨린 나무 한그루가
무심히 자기의 그림자를 바라본다

손에 휴대폰을 들고 길을 가던 사람이
자기 그림자를 이끌고
나무 그림자 속으로 걸어들어가 전화를 한다

무슨 일로 화가 났는지 발을 구르고
허공에 삿대질까지 하며
나무 그림자를 마구 짓밟는다

나무 그림자는 몇번 몸을 웅크리며
신음 소리를 내다가
사람을 품에 꼭 껴안고 아무 말이 없다

싸락눈

나는 싸락눈도 너무 아프다
내가 늘 기다리는 사람과 함께 내리는
내가 늘 그리워하는 사람의 손을 잡고 내리는
내가 미워한 사람도 이별한 사람도
꼭 한사람씩 데리고 내리는
어떤 때는 내가 용서해야 할 사람과
내가 용서를 청해야 할 사람과 함께 내리는
싸락눈도 너무 아프다

별

사다리를 타고 지붕 위에 올라가
사다리를 버린 사람은 별이 되었다
나는 사다리를 버리지도 못하고
내려가지도 못하고
엄마가 밥 먹으러 오라고 부르시는데도
지붕 위에 앉아
평생 밤하늘 별만 바라본다

벌레에게

오늘 아침에도 벌레인 나를
꿈틀꿈틀 네가 찾아와주었구나
오늘도 그 먼 길을 기어와
다정히 내 손을 잡아주는 이는
벌레인 너밖에 없구나
고맙다
우리가 벌레끼리 만나
땅 위를 기어가며 구부러지며
벌레로 사는 동안
누가 우리를 힘껏 밟고 지나가더라도
벌레답게 열심히 살아야 한다
하늘을 보며
결코 벌레다움을 잃지 않고
인간보다 더 잘 살아야 한다

헌신(獻身)

사람이 나이가 들면
가끔 새에게 모이를 주며 살아야 한다
사람이 나이가 들면
가끔 새들의 모이를 먹으며 살아야 한다
사람이 나이가 더 들면
헌식대가 되어
새들이 날아오기를 기다릴 줄도 알아야 한다
때로는 헌식대에 앉아
스스로 새들의 모이가 될 줄도 알아야 한다
저 봄날의 애벌레를 보라
자신을 공손히 새들의 부리에
온몸을 구부리며 바치지 않느냐
어미 새를 기다린 둥지의 아기 새들이
한껏 벌린 노란 부리 속으로
한순간에 자신을 헌신하지 않느냐

능소화

동백도 아니면서
너는 꼭 내가 헤어질 때만 피어나
동백처럼 땅에 툭 떨어지더라
너는 꼭 내가 배고플 때만 피어나
붉은 모가지만 잘린 채
땅에 툭툭 떨어져 흐느끼더라
낮이 밤이 되기를 싫어하고
밤이 아침이 되기를 싫어하는
모든 인생은 점점 짧아지는데
너는 꼭 내가 넘어질 때만 떨어져
발 아래 자꾸 밟히더라
내가 꼭 죽고 나면 다시 피어나
나를 사랑하더라

천은사(泉隱寺)

한 여인이 죽은 자식을 업고 밥 얻으러 왔네
내 늙은 어머니가 그 여인에게 밥을 주었네
그 여인이 병든 나의 눈물을 닦아주었네
내가 죽은 아기를 고이고이 산에 묻어드리자
지리산 천은사 샘물을 찾아가 마시라고 했네
나는 몇날 며칠 걸어 천은사에 가서 샘물을 마시고
내 가슴에 천은사 샘을 지게에 지고 내려와
길 가는 사람들에게 골고루 나누어주었네
뿌리 없는 사람들의 나무에 실뿌리가 돋고
밤이 되면 나무마다 붉은 등이 켜졌네

매화

퇴계 선생 임종하신 방 한구석에
매화분 하나 놓여 있다
매화분에 물 주거라
퇴계 선생 돌아가실 때 남기신 마지막 말씀
소중히 받들기 위해
매화분에 매화는 피어 물끄러미 나를 바라보는데
나는 통장의 돈 찾아라
한마디 남기고 죽을까봐 두려워라
오늘도 낙동강 건너 지구에는
한창 매화꽃이 피고 있다
새들은 꽃나무 아래 쪼그리고 앉은 나를 보고
죽더라도 겨울 흰 눈 속에 핀
매화 향기에 가서 죽으라고 자꾸 속삭이는데
도산서원 매화나무 가지에 앉은 새들은
어디에 가서 죽는가

무소유에 대한 명상

나는 무소유를 소유할 수 없다
아무리 배가 고파도 무소유의 밥을 먹을 수 없다
소유의 밥을 먹으면 배가 불러도
무소유의 밥을 먹으면 자꾸 허기가 진다

나는 무소유의 손도 지닐 수 없다
무소유의 손을 지니면
도대체 내 손이 어디 있는지 찾을 수 없어
어두운 눈길에 작은 가방 하나 들고 다닐 수 없다

내 손은 하나를 가지면 꼭 하나를 더 가진다
하나를 더 가져도 또 하나를 더 가진다
양손에 흘러가는 흰 구름이라도 잔뜩 움켜쥐어야 한다

나의 소유와 무소유는 서로 동거하지 못한다
만나기만 하면 서로 싸운다
하루는 내가 바닷물을 한입에 다 마셔버리자
소유는 나를 부러워하느라 잠을 못 자고
무소유는 나를 질책하느라 밤을 새운다

물거품

물거품이 될 때 인간은 비로소 물이 된다
인간은 물이 될 때 비로소 인간이 된다

물은 거품에게 평생 감사하지 않으면 안된다
물도 물방울이 되는 순간
물거품이 될 수 있다는 사실을 깨닫게 해준다

물도 거품에게 감사하지 않으면 물거품이 된다
물은 거품을 통하여 비로소 겸손해진다

거품도 물에게 감사하지 않으면 안된다
햇살에 스스로 영롱한 순간 거품이 꺼지면
물은 다시 거품을 물로 받아들인다

물은 거품을 받아들일 때 가장 겸손하다
인간도 물거품이 될 때 비로소 아름답다

묵사발

나는 묵사발이 된 나를 미워하지 않기로 했다
첫눈 내린 겨울산을 홀로 내려와
막걸리 한잔에 도토리묵을 먹으며
묵사발이 되어 길바닥에 내동댕이쳐진 나를 사랑하기
로 했다
묵사발이 있어야 묵이 만들어진다는 사실에 비로소
나를 묵사발로 만든 이에게 감사하기로 했다

나는 묵을 만들 수 있는 내가 자랑스럽다
묵사발이 없었다면 묵은 온유의 형태를 잃었을 것이다
내가 묵사발이 되지 않았다면
나는 묵의 온화함과 부드러움을 결코 얻지 못했을 것이다
당신 또한 순하고 연한 묵의
겸손의 미덕을 지닐 수 없었을 것이다
내가 묵사발이 되었기 때문에 당신은 묵이 될 수 있었다
굴참나무에 어리던 햇살과 새소리가 묵이 될 때까지
참고 기다릴 수 있었다

그리운 자작나무

자작 자작
너의 이름을 부르면
자작자작 살얼음판 위를 걷듯 걸어온
내 눈물의 발소리가 들린다

자작 자작
너의 이름을 부르면
자박자박 하얀 눈길을 걸어와
한없이 내 가슴속으로 걸어들어온
너의 외로움의 발소리도 들린다

자작나무
인간의 가장 높은 품위와
겸손의 자세를 가르치는
내 올곧고 그리운 스승의 나무

자작 자작
오늘도 너의 이름을 부르며
내가 살아온 눈물의 신비 앞에

고요히 옷깃을 여민다

만다라

나는 그렸다가 지워버리지 못한 만다라
지워버리지 못해 결국 완성하지 못한 만다라
내 일생의 가슴에 아름다운 색색의 모래로
당신을 향한 장엄한 만다라 한점
정성껏 그리고 지워버림으로써
온전히 바치게 되기를 간절히 소망했으나
이제 이 세상 모든 이별을 위해
당신이 문 앞까지 찾아오셨는데도 지우지 못하고
슬프다
목적을 버려야 목적에 다다를 수 있다고
당신은 늘 말씀하셨지만
나는 눈물의 모래로 그린 만다라
그렸다가 지워버리지 못해 슬픈 만다라

누룩

죽은 친구들을 만나 술을 마신다
죽어서 사는 일도 두렵다고
살아 있을 때 단 한번이라도
남을 위해 누룩이 되어본 적 있느냐고
죽은 친구들이 술 취해 떠드는 소리가 들린다
살아남아 한송이 꽃으로 아름답기보다
너의 눈물로 나의 누룩을 만들겠다고
나도 죽어 눈물의 누룩이 되겠다고
너의 두려움을 나의 두려움으로 여기겠다고
힘차게 서로 술잔을 건넨다
사람이 죽어서도 만나 술을 마실 수 있는 것은
서로 누룩이 되었기 때문이라고
사랑한다는 것도 죽는다는 것도
서로의 누룩이 되는 일이라고
죽은 친구들이 웃으면서 술에 취한다

자작나무에게

나의 스승은 바람이다
바람을 가르며 나는 새다
나는 새의 제자가 된 지 오래다
일찍이 바람을 가르는 스승의 높은 날개에서
사랑과 자유의 높이를 배웠다

나의 스승은 나무다
새들이 고요히 날아와 앉는 나무다
나는 일찍이 나무의 제자가 된 지 오래다
스스로 폭풍이 되어
폭풍을 견디는 스승의 푸른 잎새에서
인내와 감사의 깊이를 배웠다

자작이여
새가 날아오기를 원한다면
먼저 나무를 심으라고 말씀하신 자작나무여
나는 평생 나무 한그루 심지 못했지만
새는 나의 스승이다
나는 새의 제자다

굴비에게

부디 너만이라도 비굴해지지 말기를
강한 바닷바람과 햇볕에 온몸을 맡긴 채
꾸덕꾸덕 말라가는 청춘을 견디기 힘들지라도
오직 너만은 굽실굽실 비굴의 자세를 지니지 않기를
무엇보다도 별을 바라보면서
비굴한 눈빛으로 바라보지 말기를
돈과 권력 앞에 비굴해지는 인생은 굴비가 아니다
내 너를 굳이 천일염에 정성껏 절인 까닭을 알겠느냐

달팽이

달팽이는 빗물을
어머니의 눈물이라고 생각하나보다
그렇지 않으면
비 온 뒤
죽음을 무릅쓰고 기어나올 리 없다
그것도 형제들끼리 함께 기어나와
사람들 발에 무참히
밟혀 죽을 리 없다

지옥

지옥은 아직 텅 비어 있다고 한다
지옥에는 아직 아무도 살지 않는다고 한다
내가 죽어 최초로
지옥에 가서 살게 될까봐 두렵다

허허벌판

그래도 허허벌판에
소나무 한그루는
서 있어야 하지 않겠느냐
그래도 허허벌판에
쓰러져가는 오두막 한채는
쓰러지더라도 있어야 하지 않겠느냐
그래도 내가
병든 내가
높새바람 불어오는 허허벌판 끝까지
허리 숙여
더 허리 숙여
걸어가야 하지 않겠느냐

종이배를 타고

종이배를 타고 바다로 간다
따라오지 마라
맨발로 부두까지 달려나와 울지도 마라
종이배는 떠나가는 항구가 없다
슬픈 뱃고동 소리도 울리지 않는다
나는 침몰하기 위해 바다를 항해하는 게 아니다
갈매기를 데리고
내 평생 타고 다닌 배가 오직 종이배였을 뿐
죽기 전에 마지막으로
바다에도 종이배의 뱃길을 내기 위해
종이배를 타고 먼 바다로 간다

후회

마더 테레사 수녀님
돌아가시기 전에
내가 먼저 달려가 죽어야 했습니다
흰색 사리 자락을 끌며
수녀님 걸어가시는 저승길 가
발걸음 내디디시는 그 자리 자리마다
내가 먼저 달려가
작은 풀꽃으로 엎드려
울어야 했습니다

제2부

진흙소

늦은 저녁
들녘의 풀을 뜯어 먹던 진흙소가
노을을 등에 지고
외양간으로 돌아와
아버지가 쑤어준 여물을 먹다가
물끄러미
웃으면서 나를 바라본다
나 이 세상 사는 동안
더이상 배고프지 않으리

두물머리

해 질 무렵
양평 두물머리 강가에 다다른 진흙소가
강 건너편을 바라보다가
울음소리를 토해내며 강을 건너간다
나는 고요히 연꽃 한송이 들고
강물을 거슬러올라가는 진흙소를 따라
당신에게 가는 강을 건너간다
수종사 저녁 종소리가 들린다

종지기

마음속에 작은 시골 교회 하나 지어
동화작가 권정생 선생처럼
새벽마다 종을 치는 종지기가 되어야지
하늘의 종을 치는 종지기가 되어
종소리마다 함박눈으로 펑펑 내리게 해야지
모든 것을 견디고 모든 것을 용서하는
푸른 별들의 종소리를 울리며
함박눈을 맞으며
그리운 당신을 만나러 가야지

몽촌토성

당신과 함께
꿈에는 가볼 수 있는 마을
당신을 데리고
꿈에는 살림 차리고 살 수 있는 마을
오늘 그 꿈의 마을로
밥그릇과 수저 몇개
이불 보따리 하나 들고
뒤돌아보지 않고 이사를 가네
꿈속에서나마 당신과
아들딸 낳고 잘 살 수 있는
그 그리운 마을에서
텃밭도 가꾸고
냇가의 물고기도 가끔 잡으면
돈은 좀 못 벌어도 괜찮을 거야
산다는 것은 한바탕
꿈을 꾸는 일이므로

수선화를 기다리며

수선화가 피기 전에
집으로 돌아가야 한다
겨우내 불을 켜두고
문을 열어둔 채 너무 멀리 나왔다
수선화의 연노란 향기가
수의처럼 나를 감싸기 전에
집으로 돌아가 불을 꺼야 한다
대문을 닫고
우물을 파묻고
고요히 홀로
수선화의 뿌리 속으로 걸어들어가
아름다운 인간의 구근이 되어
기다려도 오지 않는 봄을 또
기다려야 한다

수도원 가는 길

십자가 없이 사랑은 이루어지지 않는다는데
수도원 가는 길에 나는 십자가를 버린다
십자가 없이 사랑은 완성되지 않는다는데
당신을 버리고 수도원 가는 길에
나는 버린 십자가를 주워 또 버린다
사랑의 이름으로 지은 죄 너무 많아
겨울 하늘에 흰 손수건처럼 걸어놓은
새들의 가슴속으로 날아가 운다
내 사랑의 슬픔은 모두 새가 되기를
나의 죄악은 모두 새가 되어 날아가기를
십자가는 다시 나의 십자가가 되어
높이높이 나를 매달아놓기를

눈사람이 되기 위하여

눈 내리는 광야에
밥그릇을 내어놓는다
밥그릇에 흰 눈이 가득 담긴다

눈 내리는 광야에
눈사람을 세운다
눈사람 곁에 서서 평생 눈을 맞는다

눈사람 같은 사람이 되기 위하여
눈사람처럼 일생을 살기 위하여

슬며시
눈 내리는 광야에 내어놓은
밥그릇에 가득 담긴
함박눈을 먹는다

가난한 사람

별을 바라보는 사람은 가난하다
별을 바라보다가
별똥별이 되어 사라지는 사람은 가난하다

꽃을 바라보는 사람은 가난하다
꽃을 바라보다가
인간의 아름다움이 부끄러워
한송이 지는 꽃이 되는 사람은 가난하다

가슴속에 새를 키우는 사람은 가난하다
새가 날아갈 수 있도록 드디어
가슴의 창문을 활짝 열어주는 사람은 가난하다

진흙으로 빚은 귀를 지니고
봄비 오는 소리를 듣는 사람은 가난하다
밤새워 봄비 소리를 들으며
흙 속을 기어다니는
벌레가 된 사람은 더욱 가난하다

시각장애인 야구

시각장애인들이 야구를 하는 까닭은
희망이라는 안타를 치기 위해서다
단 한번이라도 9회 말 투 아웃에서
희망의 홈런을 치고
절망의 1루로 달리기 위해서다
탁 하고 배트에 맞은 공이 푸른 하늘을 날 때
빛과 소리의 야구공이 절망의 어둠속을 날 때
희망을 막는 수비는 없다

나는 희망을 거절한다

나는 희망이 없는 희망을 거절한다
희망에는 희망이 없다
희망은 기쁨보다 분노에 가깝다
나는 절망을 통하여 희망을 가졌을 뿐
희망을 통하여 희망을 가져본 적이 없다

나는 절망이 없는 희망을 거절한다
희망은 절망이 있기 때문에 희망이다
희망만 있는 희망은 희망이 없다
희망은 희망의 손을 먼저 잡는 것보다
절망의 손을 먼저 잡는 것이 중요하다

희망에는 절망이 있다
나는 희망의 절망을 먼저 원한다
희망의 절망이 절망이 될 때보다
희망의 절망이 희망이 될 때
당신을 사랑한다

희망의 밤길

희망은 무섭다
희망이 있어도 희망은 무섭다
길을 가다가 길을 잃을 때
길의 손끝이 내 목덜미를 낚아챌 때
희망의 밤길은 무섭다
절망의 밤길보다 더 무섭다

어디로 가야 하나
달도 뜨지 않고
가로등도 다 꺼져버린 밤길에
나에게 아직 사용하지 않은 인생은 남아 있는가
나누어주어야 할 사랑은 남아 있는가
절망은 희망을 딛고 서 있지만
희망은 무엇을 딛고 서 있는가

아직 걸어가지 않은 밤길이 남아 있어도
희망은 무섭다
절망보다 더 무섭다
절망의 희망을 용서하기는 쉬워도

희망의 절망을 용서하기는 어렵다

결핍에 대하여

밤하늘은 자신의 가슴을 별들로 가득 채우지 않는다
별들도 밤하늘에 빛난다고 해서 밤하늘을 다 빛나게 하
지 않는다
나무가 봄이 되었다고 나뭇잎을 다 피워올리는 게 아
니듯
새들도 날개를 다 펼쳐 모든 하늘을 다 날아다니는 게
아니다
산에서 급히 내려온 계곡의 물도 계곡을 다 채우면서 강
물이 되지 않고
강물도 강을 다 채우지 않고 바다로 간다
누가 인생의 시간을 가득 다 채우고 유유히 웃으면서 떠
나갔는가
어둠이 깊어가도 등불은 밤을 다 밝히지 않고
봄이 와도 꽃은 다 피어나지 않는다
별이 다 빛나지 않음으로써 밤하늘이 아름답듯이
나도 내 사랑이 결핍됨으로써 아름답다

수선화

꽃 중에서도 죄 없는 꽃이 수선화로 피어난다
꽃 중에서도 용서하는 꽃이 수선화로 피어난다
꽃 중에서도 가장 사랑하는 꽃이
서귀포 검은 돌담 밑에 수선화로 피어난다
이른 봄에 수선화를 만나러 가면 추사 선생을 꼭 만난다
이듬해 이른 봄에도
추사 선생을 만나러 가면 수선화를 꼭 만난다
사람 중에서도 가장 죄 없는 사람이 수선화로 피어나
온 나라를 수선화 향기로 가득 채운다
겨우내 세한의 소나무에 앉아 있던 작은 새 한마리
나뭇가지 사이로 푸드덕 흰 눈을 털며
우리는 오래도록 잊지 말자고
봄이 오지 않아도 수선화는 피어난다고
수선화가 피어나기 때문에 봄은 온다고
추사 선생처럼 수선화를 바라보며
바다로 가는 봄길을 걷는다

물끄러미

당신이 물끄러미 나를 바라볼 때가 좋다
차가운 겨울 밤하늘에 비껴 뜬 보름달이 나를 바라보듯
풀을 뜯던 들녘의 소가 갑자기 고개를 들고 나를 바라
보듯
선암사 매화나무 가지에 앉은 새가
홍매화 꽃잎을 쪼다가 문득 나를 바라보듯
대문 앞에 세워둔 눈사람이 조금씩 녹으면서 나를 바라
보듯
폭설이 내린 태백산 설해목 사이로 떠오른 낮달이 나를
바라보듯
아버지 영정 앞에 켜둔 촛불이 가물가물 밤새도록 나를
바라보듯
물끄러미 당신이 나를 바라볼 때가 좋다
눈길에 버려진 타다 만 연탄재처럼
태백선 추전역 앞마당에 쌓인 막장의 갱목처럼
추적추적 겨울비에 떨며 내가 버려져 있어도
물끄러미 나를 바라보는 당신의 눈빛 속에는
이제 미움도 증오도 없다
누가 누구를 물끄러미 바라보는 눈빛 속에는

사랑보다 연민이 있어서 좋다

달맞이꽃의 함성

밤마다 내가 당신을 그리워하며 피어나는 것은
당신의 상처의 아름다움을 아름다워하기 위해서다
밤새도록 내가 당신의 상처의 향기를 꽃피우다가
아침에 시드는 까닭은
내 기다림의 함성을 꽃피우기 위해서다

나는 밤마다 당신의 상처를 상처받는다
당신의 눈물을 위해 상처받는다
내 어머니인 달빛의 푸른 젖을 먹고
나의 상처는 밤마다 오로지 당신의 것이다

당신의 상처를 상처받지 않는다면
나는 한송이 꽃으로 피어나지 못할 것이다
초승달로 때로는 반달로
당신의 상처의 눈물을 받아먹지 않는다면
나는 한송이 그리움으로 피어나지 못할 것이다

오늘은 보름달이 뜬 한여름 밤
와 와

소리 없는 나의 그리움의 함성에
산 너머 멀리 달빛을 데리고 별똥별이 떨어진다

빈 잔

누가 나를 위해 울어주었는지
내가 누구를 위해 울었는지
누가 나와 함께 울어주었는지
내가 누구와 함께 울었는지

이제 다 잊어버려 슬프다
나를 위해 울어준 이들의
눈물을 잊은 지 이미 오래지만
밤새도록 나와 함께 운 이들의
눈물도 이미 잊은 지 오래지만

내 빈 잔을 받으소서
내 잔이 넘치지 않고
아직 비어 있다는 것은 큰 충만이므로
잔은 비어 있을수록 아름다우므로
나는 아직 비어 있음으로써
당신을 사랑할 수 있으므로

그동안 끊임없이 내 잔을 가득

채우려고 노력한 일을 부디 용서하시고
내 빈 잔을 받아
먼동이 틀 때까지 높이 드소서

귀

내 귀는 청동으로 만들어져 있다
절벽의 바위로 만들어져 있다
구겨진 거리의 지폐로 만들어져 있다

내 귀는 솔바람 소리의 웃음소리를 듣고 싶으나
엄마를 기다리는 아기 새들의 울음소리를 듣고 싶으나
새벽별이 등불처럼 켜진 저녁
소들의 여물 먹는 소리도 듣지 못하고

내 귀는 강가의 진흙으로 만들어져 있다
무너지지 않는 성벽으로 만들어져 있다
거리의 차디찬 바람으로 만들어져 있다

나를 용서해주시는 어머니의 마지막 말씀
그래도 나를 사랑한다는 당신의
다정한 눈물의 목소리도 듣지 못하고
골목에서 뛰어노는 아이들이 종소리처럼 들리면
내 귀는 산산이 부서진 채 바람이 되어 흩어진다

봄비가 오고
부서진 내 귀에 새싹이 돋으면
뿌리에서 꽃 피는 소리가 들리고
백목련 땅에 툭 떨어져 수줍게 웃는 소리가 들리면
내 귀는 이제 죽어도 좋다

입

내 입을 없앤다
봄날에 핀 꽃도
화려한 입을 없애기 위해 낙화하고
낙산사 동종도 산불에 불타면서 입을 없앤 뒤
동해에 더 맑은 새벽 종소리를 울린다

기깃의 혀를 감씨고도는 내 입을
탐욕의 목젖을 애써 숨기는 내 입을
설악산 관음폭포에 가서 잘라내어
폭포에 힘껏 내던진다
설악산 산정 높이 파묻는다

이제 나는 내 입의 무덤 앞에서
구멍 없는 피리로 피리를 불며
줄 없는 거문고로 거문고를 켜며
당신을 사랑한다고 말할 수 있다

낮은 곳에 엎드려
입맞춤 한번 해본 적 없을지라도

낮은 곳이 높은 곳이라고
눈물이 축복이라고 말할 수 있다

어깨가 슬픈 사람

봄눈 한송이 떨어져도
낙엽 한장 떨어져도
태풍에 무너져내린 지붕 서까래처럼
어깨가 무너져내려 슬픈 사람이 있다

어린 아들의 손을 잡고
잃은 길을 또 잃어버리고
섬진강을 따라 걸어가는 저 젊은 여인의
겨울비에 젖은 앙상한 어깨를 보라

무거운 가방을 밧줄처럼 걸치고
찬비 내리는 가리봉동 남구로역
캄캄한 인력시장 앞을 서성거리는
저 늙은 청년의 허기진 새벽 어깨를 보라

노모가 누워 계신
암 전문 요양병원 창가에 서서
백목련 나뭇가지에 앉은 새들을 바라보는
저 야윈 아들의 눈물의 어깨를 보라

오늘도 너무 무거워 멀리 힘껏 던져버렸으나
어느새 다시 내 어깨 위에 걸쳐진
나의 십자가 위에
작은 새 한마리 앉아 울고 있다

낮은 곳을 향하여

첫눈은 가장 낮은 곳을 향하여 내린다
명동성당 높은 종탑 위에 먼저 내리지 않고
성당 입구 계단 아래 구걸의 낡은 바구니를 놓고 엎드린
걸인의 어깨 위에 먼저 내린다

봄눈은 가장 낮은 곳을 향하여 내린다
설악산 봉정암 진신사리탑 위에 먼저 내리지 않고
사리탑 아래 무릎 꿇고 기도하는
아들을 먼저 떠나보낸 어머니의 늙은 두 손 위에 먼저
내린다

강물이 가장 낮은 곳으로 흘러가야 바다가 되듯
나도 가장 낮은 곳으로 흘러가야 인간이 되는데
나의 가장 낮은 곳은 어디인가
가장 낮은 곳에서도 가장 낮아진 당신은 누구인가

오늘도 태백을 떠나 멀리 낙동강을 따라 흘러가도
나의 가장 낮은 곳에 다다르지 못하고
가장 낮은 곳에서도 가장 낮아진 당신을 따라가지 못

하고

　나는 아직 인간이 되지 못한다

명왕성에 가고 싶다

너무 오래 살아 미안하다
어머니 아침마다 쓸쓸히 말씀하신다
빨리 죽어야 하는데 와 이렇게 안 죽노
주무시기 전에도
불도 끄지 않고 외로이 말씀하신다
어머니는 명왕성으로 빨리 가시고 싶은 것인가
별들의 명부 건 명왕성에 가서
도대체 별들에게 무슨 말씀을 하시고 싶은 것인가
그동안 어머니가 사랑했던 별들은
모두 어머니 가슴에서 떠올라 하나씩 둘씩 사라져갔다
사람이 죽는다는 것은
가슴에 뜬 별들이 사라진다는 것이므로
어머니 가슴에서 별들이 다 사라지기 전에
나도 명왕성에 가고 싶다
어머니를 모시고 명왕성에 가서 살고 싶다

첫눈

첫눈이 내린다
앙상하게 뼈만 남은
대소변도 남에게 맡기시는
아버지가 창가에 누워 말한다
밖에 눈 오나
얼른 밖에 나가
눈을 함빡 맞고 들어와
아버지 보세요 밖에 눈 와요
어깨에 소복이 쌓인 함박눈을 보여드린다
아버지 입가에 번지는
눈송이같이 작은 미소
아버지 눈 오니까 좋으세요
아무 말이 없다
아버지는 아직도 아무 말이 없다
그리운 아버지의 미소만
첫눈이 되어 내린다

제3부

거울에게

더이상 나를 바라보지 마라
나는 이제 얼굴이 없다
네가 아무리 나를 보고 싶어 해도
내 얼굴은 유리창처럼 깨어져
골목길에 산산조각난 지 오래다
이제 나를 바라보지 말고
흘러간 내 시간의 얼굴을 바라보라
나의 얼굴에 더이상 봄이 오지 않고
나무 한그루 자라지 않는다
오직 흘러간 시간의 강물만 흘러간다

근황

나는 요즘 개똥을 눈다
강가에 나가 칼을 버리고 난 뒤로
강가에 앉아 혀를 버리고 난 뒤로
강가에 조약돌 같은 개똥을 한무더기 누고
집으로 돌아와 울지는 않는다
첫눈을 기다리다 지쳐도 울지는 않는다
내가 눈 개똥 위에도
바람이 불고 눈이 내리기를
강변의 새벽 물안개가
돌아가신 어머니처럼 포근히
개똥을 안아주기를

흉터

아물지 않으면 흉터가 아니다
아물었기 때문에 흉터다
이제는 흉터가 남아 있다고 울지 말고
흉터가 아물었다고 봄길을 걸어라
오늘은 햇살이 따스하다
풀잎들이 나를 보고 손을 흔든다
흉터는 풀잎 위에 앉은 이슬의 눈동자
그 눈동자 속에 비친
봄 하늘을 나는 작은 새

넘어지는 법

넘어지면 넘어지는 대로 넘어져라
결코 넘어지지 않으려고 하지 마라
굳이 뒤돌아보지 말고
넘어지더라도
그 누구의 가슴에는 넘어지지 마라
오로지 자기의 슬픈 가슴에 넘어져라
하늘이 보이면 하늘을 보고
구름이 보이면 구름의 길을 따라 흘러가라
땅에 손을 짚으면 땅이 되고
물에 팔을 짚으면 그대로 물이 되라
넘어지는 것이 일어서는 것이 될 때까지
일어서기 위하여 다시 넘어지게 될 때까지
누가 손을 내밀어도 선뜻 잡지 말고
아침이슬에 빛나는
풀잎의 긴 손을 잡아라

몰운대에서

내 손이 사라졌다
안개가 비가 되어 절벽으로 떨어져도
몰운대의 안개비는 서로 손을 잡고 있으나
나는 손이 없다
누구의 손 한번 잡아준 적 없이
십자가를 품에 안고 가지 않고
늘 등에 지고 가다가
오늘 다대포 낙조의 길에 이르러 그만 손을 잃었다
내 손을 잡은 손마저 놓치고 말았다
이제 누가 내 손을 잡아줄 것인가
내가 누구의 손을 잡을 수 있을 것인가
몰운대 성당에 무릎을 꿇고 앉아
사라진 내 손을 물끄러미 바라본다
내 손이 당신의 손을 잡을 수 있을 때까지
몰운대의 안개로 구름도 조금 섞어
내 손을 새로 만드는
당신의 거룩한 손이 보인다

계단

올라오면 다시 내려가야 한다
한계단 한계단 있는 힘을 다해
쉬지 않고 끝까지 올라왔으나
올라오면 다시 내려가야 한다
올라오는 계단이 내려가는 계단이다
내려가야 다시 봄길을 걸을 수 있다
정상은 언제나 어두운 바람이 불고 밤에는 춥다
바람 부는 겨울의 계단 끝에서
사랑할 수 있는 일은 아무것도 없다
이제 내려가면 강가에 나가
깨끗이 발을 씻고
인생의 눈치도 살피지 말고
세상의 모든 계단을 길로 만들어라
인간이 사랑할 수 있는 일은
지금 내려간 길의 바닥에 있다

빙벽

벽을 넘기 어렵니
벽을 뛰어넘는 바람이 되지 못하고
벽을 타고 오르는 담쟁이도 되지 못하고
벽에 가로막혀 단 한걸음도 나아가기 어렵니

벽도 밀면 문이 되는데
벽을 밀지 못하고
벽 속에는 항상 문이 있는데
벽 속에는 벽만 있다고 돌아서는 너에게

벽은 물이야
물이 벽이 되는 거야
겨울이 오면 폭포가 빙벽이 되는 것 좀 봐
거친 빙벽을 기어오르는 저 사람들 좀 봐
저 사람들과 함께 봄이 오면

벽은 물이 되는 거야
다른 사람의 가슴에 물이 되어주라고
결코 벽은 되지 말고 물이 되어주라고

벽은 강물이 되어 흘러가는 거야

고죄(告罪)

물에 빠진 사람을 건져본 적이 없다
죽음을 기다리는 사람의 벗이 되어준 적이 없다
달나라에까지 가난한 사람을 찾아간
마더 테레사 수녀님을 따라가
당신을 힘껏 껴안아본 적이 없다
시원한 느티나무의 그늘이 되어
누구 한 사람 마음 편히 쉬게 해본 적이 없고
총이 십자가로 변하도록 무릎 꿇고 기도해본 적이 없다
결국 침묵이 말을 할 때 침묵의 말을 들어본 적도 없다
아무도 배고프지 않도록
아침 일찍 삽을 들고 논에 나가 논두렁의 물꼬를 터본
적이 없고
무논의 아침 햇살에게 엎드려 절을 해본 적이 없다
아씨시 프란치스코 성인처럼
푸른 하늘을 향해 밥그릇을 흔들며 춤을 추어본 적이
없다
소들이 워낭 소리를 내며 웃다가 잠이 들어도
빙긋이 웃으면서 잠들어본 적이 없다

그림자가 두렵다

내 그림자가 두렵다
느닷없이 주먹으로 내 얼굴을 강타할까봐
텅 빈 옆구리를 칼로 힘껏 찌를까봐
어제는 내 그림자가 다른 사람의 그림자를
해질녘 고층 아파트 창밖으로 던져버렸는데
오늘은 나를 던져버릴까봐 두렵다

내 그림자는 언제나 나보다 강하다
내가 배반의 칼에 찔려 피를 흘리며 쓰러져도
내 그림자는 피 흘리지도 쓰러지지도 않는다
서울행 고속버스가 지리산 아래로 굴러떨어져도
내 그림자는 한군데 다친 데도 없다

한때는 가난의 빵을 나눠 먹으며
내 그림자도 다른 사람의 손을 잡으며 아름다웠으나
이제 나는 내 그림자와 이별하지 않으면 안된다
아직도 돈이 꽃인 줄 알고 돈을 아름다워하는
내 그림자의 심장을
내가 칼로 찌르고 도망칠까봐 두렵다

구두를 버린 오후

구두끈이 풀어졌다
아예 낡아 툭 끊어진 것이다
예전에는 구두끈이 풀어지면
다시 단단히 묶고 길 떠났으나
이제 다시 고쳐 매지 않는다
그냥 끈 풀어진 구두를 신고 터덜터덜 걷는다
이제 구두가 걸어가야 할 길이 멀지 않고 가깝다
아침에 일어나면 먼 산이 아주 가깝게 보인다
구두끈이 자주 풀어진다는 것은
지금까지 걸어온 길을 다 풀어놓으라는 것이다
구두끈이 예고도 없이 툭 끊어지는 것은
이제 모든 길을 다 버리라는 것이다
생일 선물로 받은
신발장에 고이 모셔놓은 새 구두를 꺼내
아파트 단지 쓰레기통에 버린다
빼앗아 신고 다녔던 남의 구두도 버린다
지나가던 낮달이 나를 보고 웃는다

새들에게 한 질문

새들은 어디에 가서 죽는가
첫눈 내리는 나뭇가지 끝에 가서 죽는가
잃어버린 추억의 사랑에 가서 죽는가

새들은 어디에 가서 죽는가
부석사 무량수전 지붕 위에 가서 죽는가
사람은 사람을 용서하지 못하고 죽는데
새들은 새들을 용서하고 죽는가

먼 산사의 종소리 속으로 새들이 날아간다
새들이 종소리가 되어 멀리 사라진다
나는 그동안 내 손에 늘 새똥이 묻어 있어
향기로웠을 뿐

새들은 무엇을 용서하고 죽는가
사람은 사랑을 용서하지 못하고 죽는데
새들은 사랑을 용서하고 죽는가

성흔(聖痕)

누가 풀잎을 자르는가
누가 풀잎 위에 앉은 이슬을 칼로 찌르는가
누가 이슬의 가슴에 깊은 상처를 내는가

이슬의 피가 흐른다
이슬의 붉은 피가 풀잎을 적시고
하늘과 땅과 모든 인간을 적신다

누구의 상처이든 상처는 모두 성흔이다
결국 인간의 모든 상처는 다 사랑이 되었으나
나는 내 상처가 성흔이 되길 바라지 않는다

내가 풀잎의 옆구리를 창으로 찌르고
이슬의 손에 못을 박았으므로
도저히 용서받을 수 없으므로

침묵 속에서

이별의 시간이 찾아올 때까지는
사랑의 깊이를 모른다는 님의 말씀을
이제야 침묵 속에서 알아차립니다

하느님께서는 용서하는 일에
피곤해하지 않으신다는 님의 말씀도
이제야 침묵 속에서 깨닫습니다

그동안 살아서 늙고 병들어가는 동안
침묵을 존중하지 않은 내 죄가 큽니다

이제는 사랑한다고 말하면
침묵 속에서 첫눈이 내리고
첫눈이 내 사랑의 말을 덮어버립니다

그래도 사랑한다고 말하면
천수만을 가로지르는 겨울 철새들이
황혼 너머로
내 사랑을 물고 날아가버립니다

이별을 위하여

헤어질 때는 잘 살펴보거라
특히 용서의 눈물을 잘 살펴보거라
손을 흔들며 모퉁이를 돌아갈 때는
발걸음을 멈추고 분노의 좌우를 잘 살피거라
네 발밑에 누가 절망으로 드러누워 있는 건 아닌지
무심코 길 가는 개미를 밟고 지나가듯
누구를 또 힘껏 밟고 지나가고 있는 건 아닌지
아니 네가 혹시 누구한테
달팽이처럼 밟혀 으깨지고 있는 건 아닌지
너도 사랑하다가 죽을 때가 되었으므로
미움과 증오의 주변을 잘 살펴보거라
특히 남루하게 이별할 때는 조심해야 한다
눈 내리는 골목 끝
그 만남과 헤어짐의 모퉁이를 다시 돌아갈 때는
옷깃을 여미고 더욱 잘 살피거라
사람은 용서할 수 없는 것을 용서할 때가
가장 아름다우므로
용서하는 사람보다 더 아름다운 사람은 없으므로
사랑은 용서를 통해 완성되므로

이별할 때는 부디 용서의 눈물을 잘 닦아주거라

용서의 꽃

봄이 오면 손가락 하나 잘라 땅에 심는다
손가락에 뿌리가 내려 땅속 깊이 뻗어가
봄날에 가장 먼저 꽃을 피우는
산수유 한그루 쑥쑥 자라기를 기다린다

봄이 오면 또 손가락 하나 잘라 땅에 심는다
아무리 기다려도 꽃은 피지 않고
나무 한그루 자라지 않는다
봄이 올 때마다 손가락을 다 잘라 땅에 심어도
봄은 오지 않는다

나는 손가락이 없는 손으로 물을 마시고
땅에 심은 내 손가락의 뿌리를 찾아
손가락이 뿌리 내린 봄길을 찾아
눈 덮인 흰 들판을 헤치고 다닌다

죽음을 기다리는 늙은 어머니와 함께
눈밭에 피어나는 복수초처럼
사람마다 용서의 꽃으로 피어나길 기다리며

봄이 오면 손을 잘라 땅에 심는다

용서의 계절

나에게 첫눈이 내리는 것은
용서의 첫눈이 내리는 것이다
나에게 마른 잎새들이 제 몸을 떨어뜨리는 것은
겨울나무처럼 내 마음의 알몸을 다 드러내라는 것이다
나는 오늘도 단 한사람도 용서하지 못하고
첫눈도 배고픈 겨울 거리에서
눈길에 남겨진 발자국에 고인 핏방울을 바라본다
붉은 핏방울 위로 흰 눈송이들이
어머니 손길처럼 내려앉아 사라지는 것을 바라본다
나와 함께 떠돌던 신발들을 데리고
용서의 자세를 보여주며 늠름하게 서 있는
첫눈 내리는 나목의 거리를 정처 없이 걸어간다
배가 고프다
인사동에서 술과 밥을 사 먹어도 배가 고프다
산다는 것은 서로 용서한다는 것이다
용서의 실패 또한 사랑에 속한다는 것이다
언제나 용서의 계절은 오고 있다는 것이다

천사를 위한 식탁

물을 붓고 누룽지를 끓인다
돌아가신 어머니 냄새가 난다
김장김치 한보시기 꺼내놓는다
그리운 어머니의 눈빛이
강가의 잔물결처럼 식탁 위에 퍼진다
햇살과 구름을 한데 섞어
된장에 시금치 무치듯 무쳐놓는다
젊은 날 내 청춘의 봄비가 잠깐
울면서 앉았다 간다
평생 아껴두었던 내 심장을 꺼내
초고추장을 조금 발라 올려놓는다
내가 사랑했으나 나를 사랑하지 않은
배고픈 나의 천사여
밤새도록 나를 노려보는
창가의 붉은 새가 쪼아 먹기 전에
드세요 누룽지와 함께 내 심장을
맛있게 드세요

새에게 보낸 편지

용서해야 할 자들을
드디어 다 용서했으므로
새여
나를 당신의 벗으로 받아들여다오

용서받아야 할 일 또한
드디어 다 용서받았으므로
새여
마지막 순간에라도
나를 당신의 벗으로 기록해다오

오늘도 나는 가난해지지 않아
하늘에 핀 꽃을 바라보지 못하지만
가난해질 때마다 두려워
더이상 가난해지지 못하지만

새여
얼어붙은 무논 위로 날아가는
당신의 작은 날개

그 날개를 스치는
겨울바람의 고요한 힘이 되리니

지구를 입에 물고 날아가
다시 돌아오지 못할지라도
마지막으로 나를 당신의 벗으로 삼아
평화의 푸른 하늘을 함께 날게 해다오

내 작은 어깨에게

무거운 짐이란 짐은 다 올려놓고
비틀비틀 얼어붙은 눈길만 걸어가게 해놓고
그동안 단 한번도 내려주지 못했구나
야윌 대로 야윈 채 차가운 길바닥에 쓰러져
사나운 발길에 차이고 나뒹굴며 흐느낄 때에도
단 한번 뜨겁게 안아주지 못하고
이제야 내 무거운 눈물의 짐을 다 내려놓는다
장작더미처럼 켜켜이 쌓아올린
불행했던 내 전생의 짐까지 다 내려놓는다
너는 이제 나를 떠나 봄이 되어라
평생 무겁게 짓누르던 짐의 무게에 뿌리를 내려
홍매화 한그루 자라게 하라
매화나무 가지에 새들이 둥지를 틀고
부지런히 아기 새를 키우게 하라
매화 향기가 흙이 되고
흙 속에 구름이 흐르면
작은 벌레가 되어 구름 속을 기어다니는 나를
배고픈 아기 새의 입에 고이 넣어드려라

버팀목

폭풍이 당신을 쓰러뜨리려고 해도
쓰러뜨릴 수 없다
폭풍에 당신이 쓰러지려고 해도
쓰러질 수 없다
내가 기어이 쓰러지지 않으므로
당신은 쓰러지지 않는다
폭풍이 지나가고
북풍이 불어오는 겨울이 와도
내가 버팀의 고유한 자세를 잃지 않는 것은
버팀목에도 깊게 뿌리가 내리기 때문이다
버팀목은 땅속에서 꽃을 피운다
땅속에서 꽃이 지고 열매를 맺어
땅속을 나는 새들과 함께
무릎을 꿇고 인내의 기도를 올린다
버팀의 힘이 견딤의 힘이며
견딤의 자세가
사랑의 가장 아름다운 자세라고
깊게 뿌리를 뻗는다

사랑

겨울이 오자

풀잎들이 서둘러 사후 시신기증서를 써서 내게 전해준다

시든 꽃잎들도 사후 각막기증서를 써서 어머니에게 전
해준다

나도 잎을 다 떨군 겨울나무들에게 사후 시신기증서를
써서 건네준다

봄이 오자 어머니도 김수환 추기경처럼

사랑이 머리에서 가슴까지 내려오는 데 칠십년 걸렸다
고 하시면서

산수유에게 사후 장기기증서를 써서 건네주고

휠체어에 앉아 고요히 미소 지으신다

종소리

종소리에도 손이 있다
바람에 흔들리는 풀잎처럼 긴 손가락이 있다
때로는 거칠고 따스한 어머니의 손이 있다

어디선가 먼 데서 종소리가 울리면
나는 가끔 종소리의 손을 잡고 울 때가 있다
종소리의 손가락이 가리키는 별을 바라볼 때가 있다

그 별이 사라진 곳으로
어머니를 따라
멀리 사라질 때가 있다

제4부

조국

눈 내린 휴전선 벌판에 무릎을 꿇었다
밤하늘 가득 별이 나왔다
과거의 분노보다 오늘의 사랑에서 별을 바라본다
별은 나의 조국이다
헤어질 수 없는 우리는 모두 서로의 별이다
별에서 태어나고 별에서 사라지는
조국은 별빛이다

별을 바라보며

별들이 질 때까지 살아 있어라
별들이 마른 무논의 벼포기처럼 자랄 때까지
살아 길을 걸어라
별을 바라보며 길을 걸을 수 있다는 것은
아직 별들이 나를 사랑한다는 것이다
기차를 타고 멀리 고향을 떠날 때마다
나의 가난한 차창에 별들이 울먹이며 서성인 것을
그동안 나만은 알지 못했다
가끔 고추장에 밥을 비벼 먹고
된장에 풋고추를 찍어 먹고
쓰러질 때마다 불끈 주먹을 쥐고
별들이 질 때까지 살아 길을 걸어라
눈물의 저녁이 오면
가난도 별이 되어 다시 떠오른다

침묵

종소리는 종의 침묵이다
새소리는 새의 침묵이다
대숲에 이는 바람 소리는 바람의 침묵이다
산사의 풍경 소리는 진리의 침묵이다
여름날 천둥소리는 거룩한 하늘의 침묵이다
별들이 가장 빛날 때는 바로 침묵할 때이다
꽃들이 가장 아름다울 때도 바로 침묵할 때이다
내가 통영에서 배를 타고 찾아간
인간의 섬은 다 바다의 침묵이다
오늘도 눈물의 마지막 열차를 타고
신새벽에 서울역에 내렸을 때
노숙자의 어깨 위에 고요히 내리는 함박눈은
희망의 침묵이다

외롭고 쓸쓸하게

급히 밤기차를 타고 고향으로 내려갔다
어머니 초상을 치르고
급히 밤기차를 타고 서울로 올라왔다
제대로 울지도 못하고
무거운 가방을 들고
서둘러 출근하는 지하철 안에서
스마트폰을 검색하다가 자꾸 졸았다
나는 어디로 가고 있는가
지하철을 타고 또 급히 어디로 갈 것인가
향기 없는 꽃이 가장 아름답다는데
꽃이 아름다우면 돈도 아름다운 줄 알았는데
돈을 눈송이처럼 보라고
오늘은 지하철 창밖에 가랑눈이 내린다
봄이 오면 눈 녹은 물에 내 눈을 먼저 씻고
어머님께 드릴 눈물을 가방에 가득 넣고
다시 밤기차를 타고
외롭고 쓸쓸하게
나는 어디로 가야 할 것인가

벼랑에 매달려 쓴 시

이대로 나를 떨어뜨려다오
죽지 않고는 도저히 살 수가 없으므로
단 한사람을 위해서라도 기어이
살아야 하므로
벼랑이여
나를 떨어뜨리기 전에 잠시 찬란하게
저녁놀이 지게 해다오
저녁놀 사이로 새 한마리 날아가다가
사정없이 내 눈을 쪼아 먹게 해다오
눈물도 없이 너를 사랑한 풍경들
결코 바라보고 싶지 않았으나
바라보지 않을 수 없었던
아름다우나 결코 아름답지 않았던
내 사랑하는 인간의 죄 많은 풍경들
모조리 다 쪼아 먹으면
그대로 나를 툭 떨어뜨려다오

생매장

생매장을 당해본 적 있니
생매장을 당하고 살려달라고 울어본 적 있니
생매장을 당해도 매장만 당하지 죽지는 않는다
생매장을 당하고 깊은 산속에 새벽이 오면
달빛에 깨어난 개미들이 일제히 손을 내밀어
흙구덩이 속에서 나를 꺼내어준다
내가 생매장당했다는 사실을
아무도 모른다는 사실이 잠시 나를 생매장시킬 뿐
생매장을 당해도 밤마다 슬퍼하며 잠들 필요는 없다
생매장을 당한 뒤 나는 발끝에서 진실의 뿌리가 돋고
흙 묻은 가슴에서 감사의 날개가 돋았다
갈매기와 함께 수평선 너머로 날아가고
나무들과 함께 햇살 깊은 숲속을 걸어다녔다
당신은 나를 생매장시켰다고 즐거워했으나
나는 매장만 당했지 생매장은 당하지 않았다
오히려 당신이 생매장당하지 않기를 간구하고
천천히 명동성당의 계단을 내려왔다

살아남기 위하여

사람에게 절을 하지 않고
사람이 쓴 모자에게 절을 하고 살아남았다
사람에게 절을 하지 않고
사람이 앉은 의자에게 깊숙이 허리 굽혀 절을 하고
매일 아침마다 살아남았다
살아남은 날 밤이면 첫눈이 내려도
집으로 돌아가 아버지가 되는 일이 더 힘이 들었다
훌륭한 남편이 되는 일은 더더욱 힘이 들었다
한번은 모자를 집어던졌다가 내 모가지가 날아갈 뻔했다
의자를 집어던졌다가
내 다리가 고층 빌딩 창밖으로 내동댕이쳐질 뻔했다
다행히 간신히 살아남았으나
이웃을 위해 언제나 진실을 말할 용기가 없어
눈 오는 날이면 새보다 먼저 눈길을 걸어가
내 슬픈 발자국을 남기기도 하고
거리에 나가 하루 종일
빈 밥그릇을 들고 서 있는 눈사람이 되기도 했다

당신의 벽

벽이 문이 될 때까지 벽 앞에 서 있었다
벽 속의 모든 문이 열릴 때까지
당신의 벽 앞에 무릎을 꿇고 앉아 있었다

나에게 문은 항상 벽이었으나 울지는 않았다
벽 속에는 항상 문이 있었으나
벽을 바라볼 때마다 문은 보이지 않고
왜 겨울비만 내렸는지

벽에 십자가를 걸어둘 때도 있었다
벽에 걸어둔 십자가를 누가 훔쳐간 적도 있었다
당신은 벽 속의 문을 닫은 적이 없는데
벽에 다다르기만 하면 문은 항상 닫혀 있었다

언제나 열려 있는 당신의 문을
내가 정작 닫은 줄 모르고
평생 당신의 벽 앞에 엎드려 울고 있었다

오늘의 혀

내 혀에 검은 털이 돋아나기 시작했다
그동안 진실을 말하지 않고 살아와
내 혀에 돋아난 푸른 털이 입안을 가득 채우기 시작했다
그동안 돈 몇푼 버는 일에
인생의 부스러기 시간까지 다 써버려
이제 물을 먹어도 밥을 먹어도
내 혀에 돋은 검푸른 털이 먼저 먹어버린다
당신을 사랑한다고 말하려고 해도
길게 뻗어나온 무서운 털이 입술까지 덮어버린다
여보
나는 이제 돈도 없고 목도 마르고 배도 고프다
그동안 당신을 사랑한다고 한 말은 진실이 아니다
이웃을 사랑한다고 한 말은 더더욱 진실이 아니다
아직 인간의 사랑을 확신해본 적이 없어
그동안 나의 키스는 다 거짓이다
내 혀를 뽑아 지하철 쓰레기통에 던져버리거나
봄의 들녘에 나가 불태우기 전에
우리가 처음 나누었던 따뜻한 키스를 다시 한번 해다오
검푸른 털이 담쟁이처럼 뒤덮인

굳게 닫혀버린 내 혀의 문 앞에 고요히 무릎을 꿇고
오늘의 진실을 말할 수 있고
내일의 진리를 노래할 수 있을 때까지

발자국

사람이 죽으면 별이 되듯이
발자국도 따라가 별이 되는가
내가 남긴 발자국에 핀 민들레는
해마다 별이 되어 피어나는가

내 상처에 깊게 대못을 박고
길가에 멀리 내던져진 너의 손에는
깊게 뿌리가 뻗어
지금 플라타너스 가로수 길이 울창하다

그 길가에 작은 수도원 하나 세워졌으면
프란치스코 성인께서 하룻밤
곤히 주무시고 가셨을 텐데
주무시기 전에
나를 한번 꼭 안아주셨을 텐데

오늘도 내가 걸어온 길가엔
누구의 것인지 알 수 없는
늘 나와 함께 걸어온

핏물이 고인 발자국 하나

봄의 순간

도둑이 성자가 되는 순간이다
명동성당 앞을 지나가던 봄바람이
서울역 지하도 아래로 급히 내려가다가
어느 걸인의 구걸의 바구니에
동전처럼 자기 목숨을 던져버리는 순간이다

성자가 도둑이 되는 순간이다
운주사 석불의 텅 빈 손바닥에 앉아 있던 봄바람이
광주에서 기차를 타고 서울로 올라와
용산역 지하철 계단을 급히 내려가다가
어느 여성의 정결의 손을
핸드백처럼 휙 낚아채는 순간이다

북극성에 진달래가 피어나는 순간이다
펄펄 끓는 강물에 수선화가 피어나는 순간이다
전생의 눈물까지 두 손 모아 받쳐들고
세상의 모든 첫사랑이 다시 시작되는
봄의 순간이다

구경꾼에게

평생 절벽에서 뛰어내리는 나를
구경하는 게 재미있더냐
뛰어내리자마자 맹수에게 물어뜯기는 내가
웃음이 터져 참을 수가 없더냐

왜 바다에 빠진 나를 건져주지 않았느냐
나는 배를 타고 나아가 바다를 사랑했을 뿐
왜 나를 물고기의 밥이 되게 했느냐
내가 우럭의 밥이 되었을 때 우럭을 잡아
끓여 먹은 어죽이 그토록 맛있더냐

내가 해빙기의 돌담처럼 와르르 무너져도
무너진 돌무더기 속에서 민들레로 피어나도
너는 돌무더기마저 사라져 먼지가 되길 바랐느냐

이제 더이상 나를 구경하지 말고 돌아가라
평생 나를 구경하다가 늙어버린 너는
내 눈물의 골목길을 돌아다니지 말고
네가 처음 태어난 어머니의 집으로 돌아가라

밧줄

깊은 우물물을 길어올리는
두레박에 고요히 매달려 있고 싶었으나
밤새도록 수평선 너머로
집어등을 밝히고 돌아온 고단한 오징어잡이 배를
선착장에 다정히 묶어두고 싶었으나
시골 성당의 종탑에 매달려
새벽이 올 때마다 정성껏 종을 치고 싶었으나
나는 그만 서울구치소 사형집행장 밧줄이 되어
허공중에 천천히 고를 맨 채 내려간다
두 팔을 묶인 채 의자에 앉아
새벽을 바라보며
마지막으로 단 한번이라도
어머니를 보고 싶어 하는 그의 목에 걸린다
결코 걸리지 않으려고 몸부림을 쳐도
용수가 얼굴을 덮자 그의 목에 걸린다
잘 가세요
집행관이 귀에 대고 속삭이는 순간
마룻장이 탕 꺼지고
그의 인생이 대롱대롱 나에게 매달린다

평형수

수평선이 기울어지는 것은 바다 때문이 아니다
바닷속으로 가라앉아가는 당신 때문이다
팽목항의 갈매기들이 부두로 돌아가지 못하고
밤새도록 파도에 나부끼며 흐느끼는 것은
기울어지는 수평선 때문이 아니다
평형을 이루지 못하고 가라앉아간 바로 당신 때문이다
지구가 지구 밖으로 곤두박질치지 않고
찬란히 별빛으로 우리를 빛나게 하는 것은
별과 별이 서로 평형을 이루기 때문인 것을
텅 빈 가슴을 부여안고 기우뚱
수평선 밖으로 기울어진 당신은
이제 노란 종이배의 가슴에도 평형수를 채워
기울어지는 눈물의 망망대해를 바로 세워
그리운 우리를 영원히 다시 만나게 하라

꽃이 진다고 그대를 잊은 적 없다

꽃이 진다고 그대를 잊은 적 없다
별이 진다고 그대를 잊은 적 없다
그대를 만나러 팽목항으로 가는 길에는 아직 길이 없고
그대를 만나러 기차를 타고 가는 길에는 아직 선로가 없
어도
오늘도 그대를 만나러 간다

푸른 바다의 길이 하늘의 길이 된 그날
세상의 모든 수평선이 사라지고
바다의 모든 물고기들이 통곡하고
세상의 모든 등대가 사라져도
나는 그대가 걸어가던 수평선의 아름다움이 되어
그대가 밝히던 등대의 밝은 불빛이 되어
오늘도 그대를 만나러 간다

한배를 타고 하늘로 가는 길이 멀지 않으냐
혹시 배는 고프지 않으냐
엄마는 신발도 버리고 그 길을 따라 걷는다
아빠는 아픈 가슴에서 그리움의 면발을 뽑아

세상에서 가장 맛있는 짜장면을 만들어주었는데
친구들이랑 맛있게 먹긴 먹었느냐

그대는 왜 보고 싶을 때 볼 수 없는 것인지
왜 아무리 보고 싶어 해도 볼 수 없는 세계인지
그대가 없는 세상에서
나는 아무것도 두려워하지 않는다
잊지 말자 하면서도 잊어버리는 세상의 마음을
행여 그대가 잊을까 두렵다

팽목항의 갈매기들이 날지 못하고
팽목항의 등대마저 밤마다 꺼져가도
나는 오늘도 그대를 잊은 적 없다
봄이 가도 그대를 잊은 적 없고
별이 져도 그대를 잊은 적 없다

흰 두루마기에 대한 그리움

흰 두루마기를 입고 종로 거리를 걸어간다
두루마기 자락 펄럭이며 광화문에서
푸른 가을 하늘을 바라보며 눈물을 글썽인다

두루마기 옷고름 찬찬히 매고
흰 고무신을 신고 서둘러 사립문을 빠져나가
아직도 돌아오지 않는 할아버지의
그리운 뒷모습을 그리워한다

백범 김구 선생이 두루마기를 입고
삼팔선 푯말 앞에서 찍은 외로운 사진 한장을 기억한다
두루마기 자락 펄럭이며 삼팔선을 넘어가던
그 민족의 발자국을 따라간다

총을 들고 눈 덮인 들판을 헤매는
봄이 와도 꽃으로 피어나지 못하는
저 얼어붙은 군화들
흰 두루마기로 덮인 겨울산의 주검들

나는 오늘도 흰 두루마기를 입고

종로 거리로 광화문으로 부지런히 걸어다닌다

푸른 가을 하늘이 나를 보고 눈물을 글썽인다

전태일거리를 걸으며

청계천 전태일거리를 걸으며 기도한다
단 한번도 배고파본 적이 없는 내가
배부른 나를 위해 늘 기도하다가
단 한번이라도 남의 배고픔을 위해 기도한다

청계천 전태일거리를 걸으며 질문한다
나는 지금까지
무엇을 위해 목숨을 바치며 살아왔는가를
단 한번이라도 정의를 위해
목숨을 바친 적이 있는가를

침묵은 항상 말을 해야 한다고
침묵은 진리의 말을 할 수 있어야 침묵이라고
정의는 항상 어머니와 함께 있어야 사랑이라고
첫눈 오는 날
청계천 전태일거리의 버들다리를 건너며

누가 버린 신문 한장을 줍는다
서울역 염천교 다리 밑에서 신문 한장을 덮고

엄동설한의 잠을 자던
초승달처럼 웅크린 그의 꿈과 희망을 생각하며

청계천 전태일거리를 걷는다
별들이 땅에서 빛나고 함박눈이 땅에서 내린다
인간을 위해 목숨을 버린 인간의 불꽃이
고요히 함박눈이 되어 내린다

수요집회

우리는 아직 충분히 손을 잡지 않았다
우리는 아직 손을 잡고 충분히 울지 않았다
어제의 야윈 손이 오늘의 마른 손을 잡는다는 것은
우리에게 아직 눈물이 남아 있다는 것이다

우리는 달팽이처럼 가난하지만 가난하지 않다
우리는 풀잎처럼 연약하지만 연약하지 않다
해가 떠도 스러지지 않는 아침이슬이 되어
우리 모두 이슬의 슬픈 눈물을 그칠 수 없다

너는 풀잎 위에 앉은 나비를 칼로 내려치지 않았느냐
풀잎 위에 앉은 이슬을 불태우지 않았느냐
총 들고 산 너머 바다 건너 가는 곳마다
이슬을 조약돌처럼 넣고 다니다가
슬그머니 바다에 내던지고 도망치지 않았느냐

시간은 용서가 아니다
죽음도 결코 용서가 아니다
지금 서울에는 이슬의 눈물이 바다를 이룬다

바다를 이룬 눈물이 산을 이룬다

첫눈의 말

아가야
청주여자교도소에서 첫눈으로 태어나
교도소 좁은 육아방에서
눈물과 기쁨의 엄마 젖을 먹고 자란 아가야
어느새 돌이 지나 엄마 품을 떠나
오늘 너만 교도소 밖으로 나가는구나
잘 가라 내 아기
커서도 면회는 오지 마라
엄마 많이 닮았다는 말이 가장 싫단다
엄마는 너의 볼을 쓰다듬으며 또 울지만
아가야
너는 울지 마라
살아갈수록 첫눈을 기다리는 사람이 되어
언제나 엄마를 기다려라
세상에서 가장 아름다운 일은 엄마를 기다리는 일이란다
어떤 성인(聖人)에게도 과거가 있고
어떤 죄인에게도 미래가 있다는 말씀을 잊지 말고
방긋방긋 웃으면서 죄 많은 이 세상을
첫눈 내리는 세상으로 만들어라

첫눈에는 죄가 없으므로
첫눈의 영혼은 맑고 깨끗하므로
살아갈수록 첫눈으로 내리는 사람이 되라

야탑(野塔)

사람이 일생에 한번쯤
폐사지의 어느 들판이 되어
하나의 탑으로 서 있기란
탑의 기단석에 새겨진 연꽃으로 피어나
고요히 아름답기란

사람이 일생에 한번쯤
진리의 탑으로 우뚝 서서
푸른 하늘을 바라보기란
옥개석이 깨어진 다층탑 하나
비스듬히
갈대를 향해 쓰러져 있는 까닭을 알기란

어려운 일이다
탑은 하늘을 향해 서 있는 게 아니라
땅을 향해 서 있으므로
쌓아올리기 위해 서 있는 게 아니라
무너져내리기 위해 서 있으므로

누구나 무너져내리지 않으면
탑이 되지 못한다
누구나 일생에 한번쯤
폐사지가 되지 못하면
야탑 하나 세우지 못한다

매듭

나는 이제 매듭을 풀려고 기도하지 않는다
매듭의 까닭을 밝히려고 뛰어다니지 않는다
외로움의 매듭도 두려움의 매듭도 그대로 둔다
풀려고 하면 할수록 더 단단히 매듭질 때가 많아
혼자 울어야 할 때가 많았다

매듭은 풀리면 이미 매듭이 아니다
매듭은 풀리기 위해서나
누가 풀기 위해서 매듭져 있는 게 아니다
단단히 매듭져 있기 위해서 매듭져 있어
매듭을 더 단단히 묶고
기다림의 길을 멀리 떠날 때도 있었다

길가엔 매듭이 꽃으로 피어날 때도 있었다
매듭의 뿌리가 슬며시 흙으로 뻗어나가
산수유도 산매화도 피어나
가끔 매듭의 열매를 먹고 길가에 잠들 때도 있었다

나는 이제 매듭으로 십자가를 만들 줄도 안다

한때는 매듭으로 바람을 만들어 바람에 날려갔으나
십자가를 만들어 십자가에 매달릴 줄도 안다
십자가에 매달린 나를 땅에 떨어지지 않게 해주는
매듭의 힘에 감사할 줄도 안다

짜장면

짜장면 한그릇 배달시켜주시고
우물가에 앉아 빨래하던 어머니의 뒷모습이 보고 싶을 때
밥은 안 먹는다고
짜장면을 사달라고 떼를 쓰던 내 손을 꼭 잡고 가
짜장면을 사주시던 아버지의 다정한 눈빛이 보고 싶을 때
신나게 짜장면을 먹고 아버지보다 먼저 뛰어가
골목 모퉁이를 돌아가던 내 자은 그림자가 그리워질 때
내가 먹던 짜장면을 빼앗아 먹고 좋아라 하던
가난했던 친구의 눈웃음이 문득 그리워질 때
젊음을 바칠 사랑도 조국도 없다고
벗들이 조국과 사랑을 버리고 다 떠나가버렸을 때
희망 없이도 열심히 희망을 가지고 살아가기 위하여
인천행 전철을 타고
차이나타운에 가서 곱빼기로 짜장면을 사 먹으면
나는 다시 푸른 소년이 되어 자란다
짜장면을 배달하던 소년의 철가방에 내리던 봄비가 되어
다시 짜장면처럼 맛있는 풀잎이 되어 자란다

제5부

빈손

빈손이 되어야 내 손이 흙이 되어
감자도 고구마도 자라게 할 수 있다

빈손이 되어야 내 손이 새가 되어
자유의 푸른 하늘을 날아다닐 수 있다

빈손이 되어야 내 손에 고이는
바람과 햇살이 모두 돈이 되어
가난한 사람들에게 골고루 나누어줄 수 있다

빈손이 되어야 내 손이
첫눈으로 만든 눈사람이 되어
쓰러진 거리의 사람들을 일으킬 수 있다

빈손의 빈손이 되어야 내 손이
산사의 범종이 되어
외로운 당신의 새벽 종소리를 울릴 수 있다

라면 한그릇

라면 한그릇은 거룩하지
슬픈 인생의 어느 한때
라면을 혼자 끓여 먹고
울지 않는 사람은 거룩하지
비록 몸은 야위고 말라비틀어져 있어도
맑은 물과 불을 만나면
거룩함이 배고픔의 꽃을 피우지
사람들은 서로가 서로를 빼앗아 먹어도
라면은 서로 빼앗아 먹지 않지
나는 가끔 꿈속에서도
라면을 혼자 끓여 먹으며 울지
내가 끓인 라면 한그릇
부처님께 바치듯 당신에게 높이 바치고
혼자 울 때가 있지

봄밤

지렁이가 꽃을 바라본다
쥐가 별을 바라본다
거미가 달을 바라본다
돌아가신 아버지가 나를 바라본다
아버지 무덤가에 꽃씨를 뿌리고 물을 마신다
그동안 열심히 사는 동안
푸른 하늘을 나는 새들을 따라
하늘 한번 날아보지 못했으나
오늘밤이 내 인생의 마지막 봄밤이 될지도 몰라
엄마 손을 잡고 밤길 가는 어린아이처럼
밤하늘을 날아다니며 별을 바라본다
별똥별이 나를 바라보다가 웃으면서 사라진다
강가의 하루살이가
갈대를 바라보다가 순식간에 사라진다
개미가 십자가를 바라보다가 울면서 고개를 떨군다
배고픈 도서관의 바퀴벌레가
밤새도록 책을 읽다가 잠이 든다

그믐날에는

그믐날에는 아무래도 눈이 오시는 게 좋겠다
당신에게 가는 길이 버선처럼 구부러진
하얀 눈길이었으면 좋겠다

그믐날에는 아무래도 당신의 가는 어깨에도
흰 눈송이 몇점 떨어졌으면 좋겠다
산 너머 멀리 눈 내리는 밤하늘을 바라보며
밤새도록 나를 기다려주었으면 좋겠다

내가 오래 머물 수 있는 가슴은 이제 다 사라져
서울역 밤기차도 떠나가면 그뿐
다시 돌아올 수 있는 기차는 어디에도 없어

그믐날에는 나 아기가 되어
아장아장 쓰러질 듯 눈길을 걸어갔으면 좋겠다
대모산처럼 젊은 어머니의 가슴을 지닌
당신에게 쓰러져 안겼으면 좋겠다

골목길

그래도 나는 골목길이 좋다
서울 종로 피맛골 같은 골목길보다
도시 변두리 아직 재개발되지 않은
블록담이 이어져 있는 산동네
의정부 수락산 밑
천상병 시인의 집이 있던 그런 골목길이 좋다
담 밑에 키 큰 해바라기가 서 있고
개똥이 하늘을 쳐다보다가
소나기에 온몸을 다 적시는 그런 골목길이 좋다
내 어릴 때 살던 신천동 좁은 골목길처럼
전봇대 하나 비스듬히 서 있고
길모퉁이에 낡은 구멍가게가 하나쯤 있으면 더 좋다
주인 할머니가 고양이처럼 졸다가 부채를 부치다가
어머니 병환은 좀 어떠시냐고
라면 몇개 건네주는
그 가난의 손끝은 얼마나 소중한가
늦겠다고 어서 다녀오라고
너무 늦었다고 어서 오라고 안아주던
어머니의 그리운 손은 이제 보이지 않지만

그래도 나는 어느 술꾼이 노상방뇨하고 지나가는
내 인생의 골목길이 좋다

독배(毒杯)

처음에는 성배(聖杯)인 줄 알았지
내가 마신 모든 잔의 눈물이
성배의 이슬인 줄 알았지

나를 잊지 말라고
홀로 잔을 기울일 때마다
잔에 묻어나는 달콤한 봄의 향기
그것이 독배의 꿀인 줄 몰랐지

이제는 독배인 줄 알면서도
독배를 마시지
당장 죽지 못하고 모래 위에 쓰러져
평생을 벌레처럼 나뒹군다고 해도

나를 잊지 말라고
벌컥벌컥
단숨에 독배를 들이켜며
마지막 당신의 이름을 부르지

울지 말고 꽃을 보라

울지 말고 꽃을 보라
울면서 하동포구까지 걸어가지 마라
꽃은 울지 않고 다만 피어날 뿐이다
지금 꽃이 너를 위해 웃고 있지 않느냐
어제 죽은 이들이 오늘 다시 꽃으로 태어나
너를 보고 고요히 미소 짓지 않느냐
꽃잎 위에 앉은 아침이슬을 보라
이슬 속에 앉은 저 지리산을 보라
지리산을 나는 새들의 마음의 자유를 보라
꽃보다 아름다운 사람은 없다
이제 손에 들고 있는 무거운 밥그릇을 내려놓아라
산다는 것은 마음속에 꽃 한송이 피우는 일
꽃은 떠나가도 꽃의 향기는 떠나가지 않는다

급류

급류 앞에서 내가 나를 업는다
어릴 때 아버지가 나를 업어주신 것처럼
그동안 머뭇거리다가 돌아서기만 했던 나를
내가 업고 도도히 급류가 흐르는 강을 건넌다
여전히 강물은 깊고 물살은 세다
아직도 가벼워지지 못한 내가 돌덩이처럼 무겁다
그만 신발이 벗겨지고 무릎이 꺾인다
어느새 날은 어두워진다
강 건너에는 아무도 나를 기다리지 않는다
내가 살던 마을의 불빛조차 보이지 않는다
이제 강을 건너가기 위해서라도
강을 건너야 하는 순간
내가 그만 업은 나를 강물에 빠뜨린다
나는 간신히 뿌리째 떠내려오는
나뭇가지를 붙들고 급류에 휩쓸린다
멀리서 물새 한마리
나를 따라오다가 급히 사라진다

여행자에게

떠나기 전에 반드시 홀로 있어라
함께 떠나고 싶어도 결국 혼자 떠나게 되므로
떠나기 전에 홀로 모든 짐을 버려라
무엇을 가지고 무엇을 버릴까 염려하지 말고
오직 빈손으로 기도하며 홀로 떠나라
길을 떠나면 다시는 되돌아갈 수 없다
무거운 것은 가벼워지고 가벼운 것은 사라진다
돌아보고 싶은 그리운 눈빛마저 다 사라지므로
부디 돌아보지 말고 길을 떠나라
그동안 사랑하는 일보다 사랑받는 일이 더 많았으므로
가끔 신발을 벗어들고 맨발로 걸어가
티베트의 눈부신 설산이 되어도 좋고
멀리 낙타를 타고 가 쓰러진 사막이 되어도 좋다
지구라는 작은 별에서 길을 떠난다는 것은
또 하나의 작은 별을 찾아가는 일이므로
떠나기 전에 홀로
설산의 새벽별로 잠시 떠올라도 좋다

집으로 가는 길

나 이 세상에 태어나
밥 한그릇 얻어먹었으면 그뿐
옷 한벌 얻어입고
강물에 빨래 몇번 했으면 그뿐

해인사 장경각을 찾아오는 겨울바람처럼
주련 기둥에 머리를 기대고
젊은 날 한때
흐느껴 울었으면 그뿐

산다는 것이 탁발의 밥그릇 하나 들고
골목과 골목을 헤매다가
막다른 골목에 다다르는 일이었을 뿐

지금은 아미타불이 헛기침을 하며
인간에게 사랑을 탁발하는 시간
밥그릇 하나하나에
새벽별들을 수북이 퍼담는 시간

나 이 세상에 태어나
세상의 밥이 되지 못했지만
팔만대장경을 쓰다듬으며 울고 가는
저 천년의 바람처럼
이제 집으로 돌아가면 그뿐

조약돌을 던지며

강물이 흘러간다는 것이
시간이 흘러간다는 것인 줄 알지 못하고
강물이 흘러가면서 자기의 모든 시간을
나에게 주고 갔다는 사실을 알지 못하고

오늘도 저녁 강가에 나가 조약돌을 던지며
흐르는 물의 시간을 바라본다
물결 위에 눈부시게 햇살로 반짝이는
시간의 슬픈 얼굴을 바라본다

울지는 말아야지
종이배인 양 강물 위로 유유히 흘러가는
당신의 신발 한짝을 따라가
다시 돌아오지 못해도

울지는 말아야지
바다로 흘러간 강물이
강으로 돌아오기를 기다린 것은
언제나 나의 잘못일 뿐

저녁 강가에 앉아 물새 한마리
갈대처럼 잠시 날개를 쉬는 동안
다시는 돌아오지 않을 시간의 강물에
멀리 조약돌을 던지며 나를 던진다

길

내가 걸어온 길은
내가 걸어온 길가에 놓인 낡은 의자를 사랑한다
그 의자에 잠시 앉았다 간 사람들을
더이상 앉을 자리가 없어도 엉덩이를 밀치고
조금씩 자리를 내어준 사람들을 사랑한다
내가 걸어오면서 남긴 발자국에 고인 빗물을
빗물에 비친 푸른 하늘을
그 하늘을 가로지르며 사라져간 새들을 그리워한다
앉을 때마다 늘 삐걱거리기만 했던 낡은 의자에
그래도 봄눈이 내릴 때가 가장 아름다웠다고
먼 데서 날아온 풀씨들이 수줍은 듯
꽃을 피울 때가 가장 기뻤다고
삶은 어느날 동백꽃 한송이
땅바닥에 툭 떨어지는 일이었다고
오늘도 내가 걸어온 외로운 길은
아무도 찾아오지 않는 해질녘 막다른 골목길
독거노인의 낡은 의자에 앉아
풀꽃을 사랑하던 귀뚜라미를 그리워한다

작별을 찾아서

너는 죽을 곳을 열심히 찾아가보았니
길이 아닌 곳을 길처럼 걸어온 나는
끈조차 끊어진 낡은 신발을 들고
내가 죽을 곳을 열심히 찾아가보았다
조계사 백송 나뭇가지 끝에
소리 없이 눈물이 뚝뚝 떨어지던 날
명동성당 종탑 위에 종소리의 눈물이
첫눈으로 펑펑 내리던 날
내가 찾아간 죽을 곳마다 피가 나더라
지하철에서도 피가 나고
지하철에서 내려 잠시 기대앉은
나무의자에서도 피가 나고
내가 평생 바라봄으로써 빛나던
새벽별에서도 피가 나
당당함으로써 아름다운 청년이었던 나는
비굴함으로써 이제 아름다움을 다 잃고
겨울새들이 말없이 지켜보는 가운데
끝내 죽을 곳을 찾아가지 못하고
눈보라 치는 거리에서 열심히 죽었다

아버지의 수염

아버지가 돌아가셨다
돌아가신 아버지의 수염을 깎아드린다
흐르는 수돗물에 면도기를 깨끗이 씻고
마지막으로 울지는 않고

내일 죽을 아버지의 수염이
어제도 자라고
내일 죽을 아버지의 턱수염이
오늘 아침에도 자라

아침마다 정성껏 아버지 면도를 해드린 일이
아버지가 살아 계신 일이었음을
밤새워 돋아난 아버지의 수염은
아버지의 가난한 눈물이었음을

눈 내린 들판에 내려앉은 마른 솔잎 같은
아버지의 수염이 눈보라에 흩날린다
소나무의 잎이 가시가 되기까지
수없이 눈물로 지새운 밤이 있었다

쓸쓸히

아흔 노모의
벌레 먹은 낙엽 같은 손을 잡는다
새벽에 혼자 화장실 가시다가 꼬꾸라져
아침이 올 때까지
변기에 머리를 기대고 쓰러져 있었던 어머니
호승아
아무리 불러도 문간방에 잠든 아들은 오지 않고
오늘이 아버지 기일인데
기일은 오지 않고
오늘따라 바람은 강하게 불어온다
새들이 검은 비닐봉지로 하늘 높이 날아오른다
나는 밤늦게까지 어머니 팔다리를 주물러드리고
어머니 곁에서
어머니를 홀로 두고
쓸쓸히 물이나 한잔 마신다

눈길

의자에 쓰러질 듯 앉은
아흔 노모에게 마지막 세배를 하고
세뱃돈을 받지 못했다
나는 아직 세뱃돈을 받고 싶은데
이제 아무한테도 세뱃돈을 받을 데가 없다
아파트 앞마당
산수유 붉은 열매를 쪼아 먹는
새에게 세배를 하면
세뱃돈을 받을 수 있을 것인가
산수유나무 아래 아이들과 신나게 세워둔
눈사람한테 세배를 하면
세뱃돈을 줄 것인가
새해 아침에 함박눈은 자꾸 내리는데
세뱃돈을 받으러
어머니가 가신 먼 눈길을 걸어가는 내가
눈보라에 파묻힌다

별들의 목소리

아버지의 목소리가 들리지 않는다
어머니의 목소리가 들리다가 사라진다
골목길에서 나를 부르던 당신의 목소리도
사라져 보이지 않는다
그런데 누가 자꾸 나를 부른다
얼른 뒤돌아보면 아무도 없다
나뭇가지에 앉은 새들이 나를 부르나 싶어
한참 올려다봐도
아니다
밝은 대낮에 별들이 나를 부르는 소리다
징검다리에 앉아 하루 종일 엄마를 기다리다가
그만 고무신을 떠내려보낸
범어친 개울물 소리 같은 별들의 목소리다

강가에 무릎을 꿇는다는 것은

섬진강 강가에 무릎을 꿇는다는 것은
비로소 강물을 사랑한다는 것이다
강물 속에 비친 지리산 자락에 집을 짓고
흐르는 강물처럼 살 수 있다는 것이다

섬진강 강가에 무릎을 꿇고 엎드린다는 것은
지리산 바위마다 조약돌이 될 때까지
기다림이 끝난 뒤에도 기다린다는 것이다
조약돌 속을 흐르는 강물 소리를 따라
일생에 단 한번 바다에 다다를 수 있다는 것이다

섬진강 강가에 무릎을 꿇고 울음을 삼킨다는 것은
비로소 나를 용서한다는 것이다
관계가 힘이 들 때 사랑을 선택하고
강물이 되어 흐르는 매화 향기를 따라
고요히 당신을 향해 흘러간다는 것이다

생일 선물

이승을 떠날 때 마지막으로
받고 싶은 생일 선물이 있다면 그것은 시집이다
서점의 신간 코너에 막 진열된 눈물의 시집이다
절판된 시집의 책갈피에 누가 넣어둔 붉은 단풍잎이다
만년필로 유언장에 꼼꼼히 써놓은 대로
그동안 내가 읽은 시집들은 불태우지 말아라
시집은 이승에서 마지막으로 먹을 수 있는 내 봄날의 모
유다
햇살에 수선화 꽃대가 쑥쑥 올라오는 것처럼
시집의 꽃대가 쑥쑥 내 가슴에서 올라와
꽃대 위에 매달린 내 눈물에도 수선화를 피어나게 한다
나는 이제 시집을 별이 아니라 돌멩이라고 해도
꽃이 아니라 절벽이라고 해도
노모가 해주신 쌀밥처럼 맛있게 먹을 수 있다

마지막 부탁

나의 발에도 편자를 박아다오
이제 내 발굽은 다 닳아 연약하지만
나에게는 아직 먼동이 틀 때마다
흙먼지를 일으키며 달려가야 할
광야의 지평선이 남아 있다

나의 목에도 맑은 말방울을 달아다오
설산 위로 떠오른 초승달을 뒤로하고
티베트의 협곡을 묵묵히 걸어가는 노새처럼
나에게는 아직 오체투지하며 넘어가야 할
슬픔의 산맥이 남아 있다

나의 등에도 쌍봉낙타처럼 봉우리를 달아다오
내 등허리에 짊어진 짐은 갈수록 무거워지지만
사막의 어두운 경사면을 걸어가는 낙타처럼
나에게는 아직 모래가 되어 걸어가야 할
눈물의 사막이 남아 있다

벗에게

내 죽어 범어천 냇가의 진흙이 되면
그 흙으로 황소 한마리 만들어
가끔 그 소를 타고 우리집에 가주렴
우리집 꽃밭에 수선화는 아직 피는지
남향받이 창가에 놓아둔 춘란이
아직도 꽃을 피우지 않고 애태우는지
대문 곁 우물가 높은 감나무 가지 위에
새들은 날아와 나를 기다리는지
병든 노모는 오늘도 진지를 잘 드셨는지
가끔 가서 살펴봐주렴
내 죽어 범어천 개울가의 진흙이 되어
얼음장 밑으로 졸졸졸
봄이 오는 소리를 내고 있으면

데스마스크

세상에서 가장 기쁘고
즐거운 날이 죽는 날이구나
죽고 사는 것이 물소리 같구나
나는 이제 잠과 죽음을 구분하고
나무와 숲을 구분하고
바다와 파도를 구분하고 사는구나
죽음은 용서가 아니라 용서이구나
사랑은 용서의 심장과 함께 사는구나
나는 살아 있는 동안
진실을 말할 용기를 지니지 못하고
만년필에 피의 잉크를 넣지도 못하고
늘 빈 밥그릇을 들고 서 있었지만
나의 데스마스크에 꽃이 피면
그 꽃에 당신만은
입맞춤 한번 해주길 바란다

도덕적 고뇌와 시의 힘

염무웅

1. 아름다운 인연을 돌아보며

갑작스러운 소나기에 낮잠이 달아나듯 어느날 걸려온 정호승 시인의 전화가 내 일상을 멈칫하게 했다. 그와의 사이에 너무 오랜 적막이 있었던 탓이다. 정신을 차리고 천천히 수십년 전으로 돌아가 그를 떠올려본다. 많은 세월이 흘렀어도 내게 정호승은 곱고 단정한 인상의 미소년으로 남아 있다. 생각해보면 그와 맺은 인연 자체가 아름다운 추억이다. 그의 첫 시집 『슬픔이 기쁨에게』가 창작과비평사에서 나온 것이 1979년인데, 그때 시집 발행인으로 이름을 올린 게 바로 나였다. 시집 제목을 골라준 것도 나였다고 후일 그는 나에게 공치사를 한 적이 있다. 새벽의 도래를 열망하는 마음과 어둠이 빛을 향해 손을 뻗는 이미지로 시집의 제목을 삼은 것이 그에게도 썩 괜찮았던 모양이다. 박정희 유신체제가 막바지로 치닫던 험악한 시절의 일이었기에 그 시집을 생각하면 늘 기분이 따뜻해진다.

그런데 이번에 새 시집 원고를 읽기 전에 그의 초창기 모습을 돌아보려고 『슬픔이 기쁨에게』를 펼치자 내 기억 속의 정호승과는 조금 다른 얼굴이 나타난다. 40여 년에 걸친 그의 시의 발걸음은 지나칠 만큼 한결같고 어떤 면에서는 단조로운 것으로 내게 입력되어 있다. 그때나 지금이나 그의 시는 격정에 휘둘리거나 감정에 치우치지 않는 관조적 차분함으로 독자를 위무하고 있고, 절제와 균형의 고전적 감각으로 서정적 아름다움을 맛보게 한다고 여겨지기 때문이다. 아마 그래서일 것이다. 그의 시집들은 마치 종단 바깥에서 많은 추종자를 거느린 재야(在野)의 스님처럼 문단의 침묵을 딛고 독자들의 호응을 받는다. 『슬픔이 기쁨에게』만 하더라도 1993년에 첫 개정판이 나온 뒤 2014년에 두번째 개정판이 나와, 초판 이후 38년이 지난 지금도 여전히 서점 진열대에 놓여 있다. 그야말로 스테디셀러다. 판권을 일일이 확인해본 건 아니지만, 창비에서 발행한 그의 시집 대부분이 20쇄 이상 찍은 것으로 나타나 있다. 아주 드문 일이다. 문학비평가들의 전문적 평가가 현실 독자의 이 같은 반응을 외면한다면 그 전문성은 의심스러운 것일 수밖에 없다. 정호승 시의 어떤 점이 이런 꾸준한 애호를 불러오는지도 궁금하지만, 그에 앞서 나로서는 '정호승표 시'의 특징이 어떤 잉태 과정을 거쳐 태어났는지가 궁금하다. 첫 시집을 다시 읽고 어떤 점이 "내 기억 속의 정호승과는 조금 다른 얼굴"을 만났다고 여기게 했는지 찾아보려는 까닭이 여기 있다.

2. 자기발견의 길

『슬픔이 기쁨에게』를 훑어보니 「슬픔은 누구인가」「새벽 눈길」「헤어짐을 위하여」 같은 전형적인 정호승 시 이외에 뜻밖의 작품들이 적잖이 눈에 띈다. 가령,

강 건너 도망가는 어머니여.
아버지도 모르는 탯줄 달린 아기를 강바닥에 내던지고
남몰래 보따리 들고 집 나가는 어머니여.
—「어머니」부분

이런 과격한 구절이 그의 시에 있었던가 싶다. '어머니'는 시인 생활 40여년 동안 정호승을 떠나지 않은 가장 중요한 모티프의 하나인데, 이 작품에 등장하는 '황폐한' 어머니는 아직 그 어머니가 아닐 것이다. 어떻든 주목되는 것은 이 시에서 뜻밖에 만나는 불륜과 타락의 장면에 대한 상상이다. 어쩌면 그것은 젊은 시절 누구나 겪는 청춘의 객기일지 모른다. 이 작품 바로 뒤에는 다음과 같은 시들

도 잇달아 실려 있다.

> 함박눈 맞으며 창녀나 될걸.
> 흘린 피 그리운 사내들의 품을 찾아
> 칼날 같은 이내 가슴 안겨나볼걸.
>
> —「서울역에서」부분

> 나를 문둥이라 불러다오.
> 그리움이라 부르지 말고
> 해 저문 어느 바닷가
> 끝없이 흘로 헤메는 문둥이라 불리다오.
>
> —「소록도」부분

'창녀'와 '문둥이'는 멸시와 외면의 대상이고 버려진 존재로 여겨지지만, 이 시에서 그들은 그런 사회학적 연관 속에서 호명되는 것이 아니다. 오히려 그런 사회적 배척 자체를 달콤쌉쌀한 탐미주의의 냄새로 감싸고 있는데, 생각해보면 그것은 『화사집』『귀촉도』무렵의 서정주가 짙게 풍기던 냄새였다. 이건 좀 뜻밖이다. 그러나 정호승의 친구 박해석 시인이 시집 뒤에 붙인 발문을 읽어보면 뜻밖이 아님을 알 수 있다. 박해석에 의하면 철없는 학생시절 문청들 몇이 캠퍼스 안 뒷산에 올라가 '시인 서정주 화형식'을 벌이며 발광을 했는데, 정호승은 이 일이 줄곧 마음에 걸려 도리어 서정주를 깊이 읽게 되었고, 그러던 어느 날 술자리에서 "내가 시의 운율을 배운 것은 서정주한테서였다"고 고백했다는 것이다. 그러고 보면 앞의 「어머니」 「서울역에서」 「소록도」는 단지 운율에서뿐만 아니라 삶의 퇴폐에 탐닉하는 듯한 악마주의적 제스처에 있어서도 젊은 서정주를 닮은 데가 있다.

하지만 이것은 초기 정호승의 일면에 불과했던 것으로 생각된다. 앞의 발문에서 박해석은 자기들의 그 '지랄발광'이 당시 '참여시의 선봉'으로 여겨지던 시인 김수영에 대한 열광 때문이었다고 회상하고 있다. 이것도 나에게는 뜻밖이다. 그동안 김수영을 떠올리며 정호승을 읽은 적은 없었기 때문이다. 그러나 정호승의 시를 찬찬히 다시 읽어보면 그들 사이에는 근본적인 차별성 못지않게 깊은 연결점도 있음이 인정된다. 첫 시집으로부터 꼭 20년 뒤에 나온 시집 『눈물이 나면 기차를 타라』에서 정호승은 오랜 내연(內燃) 끝에 마침내 김수영을 작품으로 불러낸다.

때묻은 런닝셔츠 바람으로
턱을 괴고
어디를 향해 있는지도 모르는
분명 열흘 곡기는 끊은 듯한
그 퀭한
김수영의 눈빛을 평생 따라가다보면

한순간 만난다
그 눈빛이 흘리는 눈물과
그 눈물이 이루는 강물과
그 강물을 따라 흐르는 나뭇잎 한장을
만난다
그 나뭇잎 위에 말없이 앉아
어머니를 생각하는
한마리 개미를 만난다

—「金洙暎 사진」 전문

아마 시인은 널리 알려진 김수영의 사진 앞에 오래 앉아 있었을 것이다. 풀기 힘든 인생의 질문에 몰려서인지, 또는 시 쓰기의 절벽에 부딪쳐서인지는 알 수 없지만, 그는 "어디를 향해 있는지도 모르는" 사진 속의 퀭한 눈빛을 보며 무언(無言)의 문답을 주고받는다. 아마 이 시의 진행 과정에서 전환점은 '평생'이란 낱말일 것이다. 이 '평생'은 사진 속의 김수영과 사진 바깥의 정호승에게 이중으로 관계된다고 볼 수 있다. 전자라면 김수영의 평생에 걸친 험난한 인생 여정을 떠올리게 되고, 후자라면 선배 시인의 시적 행로를 복기하는 후배의 모습이 보인다. 문법적으로는 후자이지만(왜냐하면 시의 서술자가 김수영의 눈빛을 '평생' 따라가는 것이니까), 의미론적으로는 전자에 가깝다(왜냐하면 시의 서술자가 김수영의 '평생'을 따라가는 것이니까). 어떻든 이 이중적 걸침을 계기로 시는 김수영의 사진을 바라보는 외면적 관찰의 행위에서 관찰자인 정호승 자신의 내면적 성찰로 전환된다. 그리하여 우리의 시선은 "강물을 따라 흐르는 나뭇잎 한장"과 "그 나뭇잎 위에 말없이 앉아/어머니를 생각하는/한마리 개미", 즉 거친 세파에 실려 힘들게 살아가는 시인 정호승의 외로운 자화상에 이르게 되는데, 그것은 시인의 새삼스러운 자기발견을 뜻한다고 할 것이다.

3. 세계와 자아의 윤리적 대결

젊은 날의 '화형식' 난동에도 불구하고 정호승은 일찍이 박해석에게 고백했듯이 운율의 구성과 이미지의 조형 등 시의 방법론에서 적잖이 서정주로부터 배운 바가 있었을 것이다. 하지만 이 학습은 '통과의례'에 불과한 것으로서 지속적인 것은 아니었다. 서정주의 능청거리는 토속주의와 초월적 탐미주의는 정호승에게 체질적으로 맞지 않았을 것이다. 이에 비해 김수영의 도덕적 염결성은 그에게 피할 수 없는 도전의 대상이자 극복의 과제로 다가왔던 것 같다. (다른 논자들이 지적했던 윤동주와의 친연성도 김수영의 경우와 같은 맥락에서 따져볼 수 있을 것이다.)
물론 김수영과 정호승은 아주 다른 시대에 다른 삶을 살

왔고, 외관상 전혀 다른 종류의 시를 썼다고 할 수 있다. 알다시피 김수영이 시인으로 활동했던 1940년대 말부터 20년 동안의 한국사는 유례없는 고난과 시련의 연속이었다. 그는 시대가 부과한 질곡의 가시밭길을 온몸으로 겪어내며 피투성이의 삶을 통해 시의 존엄을 지켰다. 이 형극의 시간 동안 그가 가진 유일한 무기는 흔한 말로 양심(良心)이라고 부르는 내면의 가치밖에 없었다. 김수영은 1950년대에는 모더니스트 시인으로, 1960년대에는 참여시의 대표자로 알려져 있었으나, 사실 그의 삶과 시를 지탱한 힘은 세평(世評)과는 상당히 다른 곳에서, 즉 시대를 뛰어넘는 치열한 도덕성에서 왔다. 생각건대 정호승이 김수영을 만나는 것은 바로 이 지점에서일 것이다. 이 누추한 세상에서 어떻게 바르게 살 것인가, 소박하다면 소박하다고 할 수 있는 이 근본적 질문, 즉 세계와 자아의 윤리적 대결의 문제야말로 정호승 문학을 일관되게 이끌어나가는 주제였던 것으로 나는 생각한다.

사다리를 타고 지붕 위에 올라가
사다리를 버린 사람은 별이 되었다
나는 사다리를 버리지도 못하고
내려가지도 못하고
엄마가 밥 먹으러 오라고 부르시는데도
지붕 위에 앉아

평생 밤하늘 별만 바라본다

—「별」 전문

　어린 날의 삽화에서 가져온 소품이지만, 현실세계에 대한 시인의 태도를 간명하게 드러낸 작품이라 할 수 있다. 지붕에 올라가 사다리를 버리지도 못하고 엄마가 있는 땅으로 내려오지도 못하면서 "평생 밤하늘 별만 바라본다"는 행위의 의미가 무엇인지, 그 알레고리가 뜻하는 바는 명백하다. 이상과 현실 사이에서 방황할 수밖에 없는 운명적 존재로서의 시인의 비극적 자기인식이 투영되어 있다 할 것이다.

해 질 무렵
양평 두물머리 강가에 다다른 진흙소가
강 건너편을 바라보다가
울음소리를 토해내며 강을 건너간다
나는 고요히 연꽃 한송이 들고
강물을 거슬러올라가는 진흙소를 따라
당신에게 가는 강을 건너간다
수종사 저녁 종소리가 들린다

—「두물머리」 전문

　「별」과 마찬가지로 짧지만 그처럼 단순한 작품은 아니다. 남양주 운길산 자락에 위치한 수종사는 남한강·북한

강이 합쳐지는 풍광이 수려하게 내려다보이는 걸로 유명
하다. 하지만 이 작품이 노래하는 것은 풍경이 아니다. "진
흙소" "연꽃 한송이" 등 불교적 이미지들이 암시하듯 이
작품은 말하자면 구도시(求道詩)라고 할 수 있다. 물론 속
인들에게 그 구도의 내용이 명백히 보이는 것은 아니다.
아마도 "울음소리를 토해내며 강을 건너"는 진흙소는 세
상의 타락을 슬퍼하며 고통의 강을 건너는 '깨달은 자'의
모습을 상징할지 모른다. 그렇다면 그를 뒤따라 강을 건
너고자 하는 '나'는 누구이고, 강 건너에 있다고 믿어지는
'당신'은 누구인가. 어쩌면 이런 물음 자체가 이 시가 독자
에게 던지는 화두일 것이다. 다음의 시는 같은 물음을 기
독교적 이미지를 통해 형상화하고 있다.

> 마음속에 작은 시골 교회 하나 지어
> 동화작가 권정생 선생처럼
> 새벽마다 종을 치는 종지기가 되어야지
> 하늘의 종을 치는 종지기가 되어
> 종소리마다 함박눈으로 펑펑 내리게 해야지
> 모든 것을 견디고 모든 것을 용서하는
> 푸른 별들의 종소리를 울리며
> 함박눈을 맞으며
> 그리운 당신을 만나러 가야지
>
> —「종지기」 전문

권정생은 많은 독자에게 사랑을 받는 동화작가일뿐더러 청빈한 삶과 고결한 인품으로도 존경받은 분이었다. 그는 오랫동안 시골 교회 문간방에 혼자 살며 종지기 노릇을 한 것으로도 유명하다. 그런데 이 시에서 주인공은 권정생의 삶을 실제 현실에서 그대로 따라 하겠다는 것이 아니라 "마음속에 작은 시골 교회 하나 지어" "하늘의 종을 치는 종지기"가 될 것을 소망한다. 교회가 세워질 곳은 "마음속"이고 거기 설치될 종은 "하늘의 종"이며, 따라서 거기서 울릴 소리는 "푸른 별들의 종소리"인 것이다. 이처럼 실재하는 현실 너머의 아득한 공간 저편으로 '당신'을 만나러 가겠다고 다짐하는 데에 시인 정호승의 한계 또는 초월의지가 있는지 모른다.

4. 유일한 가능성으로서의 시

이제 조금 다른 작품을 읽어보자.

　이대로 나를 떨어뜨려다오
　죽지 않고는 도저히 살 수가 없으므로
　단 한사람을 위해서라도 기어이
　살아야 하므로

벼랑이여
나를 떨어뜨리기 전에 잠시 찬란하게
저녁놀이 지게 해다오
저녁놀 사이로 새 한마리 날아가다가
사정없이 내 눈을 쪼아 먹게 해다오
눈물도 없이 너를 사랑한 풍경들
결코 바라보고 싶지 않았으나
바라보지 않을 수 없었던
아름다우나 결코 아름답지 않았던
내 사랑하는 인간의 죄 많은 풍경들
모조리 다 쪼아 먹으면
그대로 나를 툭 떨어뜨려다오

—「벼랑에 매달려 쓴 시」 전문

이 작품은 앞의 세편과 사뭇 다르다. 앞의 시들이 오욕
의 현세에 발 딛고 있으면서도 거기에 매몰되지 않으려는
의지, 즉 구원과 해탈에 대한 염원을 표명하고 있다면 이
작품은 '벼랑에 매달려 쓴 시'라는 제목이 말해주듯이 어
떤 절망적 감정을 표출하고 있다. 실제로 정호승의 이력을
훑어보면 그는 두세차례 인생의 위기를 겪고 그때마다 시
에서 멀어졌던 것 같다. 가령, 그는 시집『사랑하다가 죽어
버려라』(1997)를 내면서 「후기」에 이렇게 적고 있다. "7년
만에 다섯번째 시집을 내게 되었다. 그동안 시를 쓰지 않

고 살아온 날들이 후회스럽다." 그러고 나서 또 한참 뒤에
나온 시집 『이 짧은 시간 동안』(2004)의 「시인의 말」에서는
이렇게 고백한다. "지난 5년 동안 단 한편의 시도 쓰지 않
고 살아, 살아도 산 것이 아니었다." 그러나 앞의 7년 만에
낸 시집에서는 '후회스럽다'는 탄식에 이어 이렇게 말을
잇는다. "한가지 깨달은 게 있다면 '희망 없이도 열심히
살아갈 수 있는 희망'이 시를 통해서 이루어질 수 있을 것
같다는 사실이다." 그 무렵의 다른 시집 『눈물이 나면 기
차를 타라』(1999)의 「시인의 말」에서는 비유적인 방식으로
체념한 듯이 이렇게 말한다. "그동안 한움큼 움켜쥐고 살
아왔던 모래가 꼭 쥔다고 쥐었으나/이제는 손아귀 밖으로
슬슬 다 빠져나가고 말았다./손바닥에 오직 한알 남아 있
는 모래가 있다면/그것은 시의 모래일 뿐이다." 요컨대 이
제 그에게 남은 유일한 가능성은 오직 시였던 것이다.

　시 「벼랑에 매달려 쓴 시」는 그 유일한 가능성을 붙잡고
마치 암굴 속에서 한줄기 가느다란 빛을 따라 밖으로 살아
나오는 데 성공하듯 태어난 작품이다. "죽지 않고는 도저
히 살 수가 없으므로" "결코 바라보고 싶지 않았으나/바라
보지 않을 수 없었던" 또는 "아름다우나 결코 아름답지 않
았던" 치명적 모순으로부터 벗어나는 길을 그는 오직 시
에서 찾을 수 있었던 것이다. 이런 절박한 고비를 넘어 그
가 도달한 것은 결국 가장 낮은 곳을 향하는 겸손의 마음
이었던 것으로 보인다. 다음 작품은 그러한 차원에서의 종

교적 간구와 시적 추구가 겸손의 마음 안에서 하나로 합쳐지는 순간의 아름다움을 노래한다. 기독교·불교의 종파적 차별을 넘어선 거룩함의 경지가 마치 천상의 소리처럼 들리지 않는가.

첫눈은 가장 낮은 곳을 향하여 내린다
명동성당 높은 종탑 위에 먼저 내리지 않고
성당 입구 계단 아래 구걸의 낡은 바구니를 놓고 엎드린
걸인의 어깨 위에 먼저 내린다

봄눈은 가장 낮은 곳을 향하여 내린다
설악산 봉정암 진신사리탑 위에 먼저 내리지 않고
사리탑 아래 무릎 꿇고 기도하는
아들을 먼저 떠나보낸 어머니의 늙은 두 손 위에 먼저 내린다

강물이 가장 낮은 곳으로 흘러가야 바다가 되듯
나도 가장 낮은 곳으로 흘러가야 인간이 되는데
나의 가장 낮은 곳은 어디인가
가장 낮은 곳에서도 가장 낮아진 당신은 누구인가

오늘도 태백을 떠나 멀리 낙동강을 따라 흘러가도

나의 가장 낮은 곳에 다다르지 못하고

가장 낮은 곳에서도 가장 낮아진 당신을 따라가지 못

하고

나는 아직 인간이 되지 못한다

— 「낮은 곳을 향하여」 전문

그런데 솔직히 고백하거니와, 이 시집 『나는 희망을 거
절한다』를 통독하는 동안 내게는 어딘가 모를 불편한 감
정이 가시지 않았다. 그것은 비유하자면 예의바른 사람과
오래 마주 앉아 있을 때 느끼는 불편함 같은 것이었다. 어
쩌면 그런 면에 김수영과 정호승의 대척점이 있을지도 모
르겠다는 생각도 든다. 알다시피 김수영은 예의범절 따위
는 안중에도 없다는 듯 자신의 일상생활을 구성하는 구차
한 디테일들을 가차 없이 폭로하는 방식으로 자기 시대의
위선과 허위에 도전했다. 적을 공격하기 위해 자기 자신부
터 남들 앞에 까밝히고 공격했던 것이다. 당연히 그것은
자신의 존재 전체를 거는 비상한 용기를 필요로 한다. 반
면에 정호승은 남들이 알아채지 못하는 방식으로, 또는 겉
으로 드러나지 않는 방식으로 현존의 모든 고통을 감싸안
고 넘어서려는 것 같다. 어쩌면 그것은 용기라는 말보다
인내라는 말로 표현되기에 적합한 부단한 수행의 과정이
었을 것이다. 그렇기 때문에 김수영의 시에는 김수영의 실
존이 자주 등장하는 반면, 정호승의 시에서는 좀처럼 정호

승의 민낯을 보기 어렵다.

　마지막으로 읽는 다음 작품은 정호승의 실명과 더불어
바로 그 민낯이 보인다고 믿어져 반가웠고, 그런 만큼 내
게는 피부의 감동으로 다가왔다.

　　아흔 노모의
　　벌레 먹은 낙엽 같은 손을 잡는다
　　새벽에 혼자 화장실 가시다가 꼬꾸라져
　　아침이 올 때까지
　　변기에 머리를 기대고 쓰러져 있었던 어머니
　　호승아
　　아무리 불러도 문간방에 잠든 아들은 오지 않고
　　오늘이 아버지 기일인데
　　기일은 오지 않고
　　오늘따라 바람은 강하게 불어온다
　　새들이 검은 비닐봉지로 하늘 높이 날아오른다
　　나는 밤늦게까지 어머니 팔다리를 주물러드리고
　　어머니 곁에서
　　어머니를 홀로 두고
　　쓸쓸히 물이나 한잔 마신다

　　　　　　　　　　　　　　　　　　　　　　　—「쓸쓸히」 전문

　　　　　　　　　　　　　　　　　　　廉武雄 | 문학평론가

  창비에서 첫 시집『슬픔이 기쁨에게』를 낼 때가 이십대
후반이었는데, 이제 육십대 후반이 되어 '창비시선'으로
는 아홉번째, 신작 시집으로는 열두번째 시집을 다시 창비
에서 내게 되었다. 오랜 세월 동안 창비가 마치 아버지와
같은 손으로 내 시의 어깨를 묵묵히 쓰다듬어주었다는 생
각에 가슴이 뭉클하다. 더구나 이번 시집의 해설은 칠십년
대에 창비에 계시면서 내 첫 시집이 나올 수 있도록 이끌
어주셨던 문학평론가 염무웅 선생께서 써주셔서 더욱 그
러하다.

  "시는 슬플 때 쓰는 거다."

  병석에 계신 아흔다섯 노모께서 어느날 내게 하신 말씀
이다. 곰곰 생각해보니 이 시집의 시들은 마음이 슬프지
않을 때 쓴 시가 없다. 인생이 슬프니 시 또한 슬프지 않을
수 없지만, 지금까지 희망이 없는 희망을 희망이라고 생각
하며 살아왔기 때문인지도 모른다. 나는 이번 시집을 통해
희망이 있는 희망은 무엇인가, 희망은 무엇을 통해 이루어

지는가, 무엇이 내 인생의 가장 소중한 가치인가 하는 고
통의 질문을 끊임없이 해보았다.

　시가 이루어지는 순간은 인생의 사랑이 이루어지는 순
간과 같다.

　이 시집의 삼분의 이는 미발표작임을 밝혀둔다.

2017년 2월

정호승

창비시선 406

나는 희망을 거절한다

초판 1쇄 발행／2017년 2월 10일
초판 9쇄 발행／2023년 1월 5일

지은이／정호승
펴낸이／강일우
책임편집／이선엽
조판／박아경
펴낸곳／(주)창비
등록／1986년 8월 5일 제85호
주소／10881 경기도 파주시 회동길 184
전화／031-955-3333
팩시밀리／영업 031-955-3399 편집 031-955-3400
홈페이지／www.changbi.com
전자우편／lit@changbi.com

ⓒ 정호승 2017
ISBN 978-89-364-2406-0 03810